致青春 102

娛樂圈是我的，我是你的

【第二部】燈火璀璨

（上）

春刀寒　著

高寶書版集團

目錄
CONTENTS

第一章　親手測量

ＩＤ女孩氣勢如虹，應援震撼全場。在紅海的襯托下，其他顏色都成了點綴。

而ＩＤ團沒有讓人失望，他們的表演完全配得上今晚的應援。

〈向陽〉自不必說，ＩＤ團表演了那麼多次，早已駕輕就熟，而且這一次岑風還進行了改編，和聲部分非常好聽，令人耳目一新。

最震撼的當然還是〈The Fight〉，solo 和團舞不一樣，儘管大家之前看過岑風的 solo 舞臺，也無法將之和今晚九人合唱的表演聯想在起來。

當黑暗降臨，吟唱聲起，整個場館鴉雀無聲，靜靜聆聽。而後白光炸裂，澈底引爆全場。

就連臺下的男團都被震撼到了。

現場所有粉絲心裡只有一個想法：今年我們沒有輸。

在被別國連續吊打多年，網路群嘲，去年還丟了那麼大的臉之後，今年，終於被 In Dream 找回了場子。

In Dream 我國驕傲 # 的關鍵字一路飛奔上熱搜。

起先路人們並不知道發生了什麼事，只覺得，你一個男團怎麼還跟國家驕傲扯上關係了？臉不要太大。

粉圈女孩們也不生氣，非常激動地跟所有人介紹，這幾年音樂節國內表現的慘狀，外國人群嘲的截圖，還有媒體拉踩的通告，而今年，我們終於贏了！

一旦涉及到國與國之間的對比，尊嚴就不僅僅是粉圈的尊嚴。路人的熱血一下子被激發出來。

出圈就是這麼一瞬間的事。ＩＤ團第一次被路人熟知，而當他們看到影片裡的岑風時，都恍然大悟，這不是那一期《來我家做客吧》裡面修變形金剛修車的機械大佬嗎？

原來他唱歌跳舞也這麼厲害啊！

厲害厲害，你該紅！

粉圈女孩將國外網站的留言翻譯之後搬到社群，都是不可思議的驚嘆。國外娛樂媒體也用了非常誇張的標題，誇ＩＤ團橫空出世，吸走了所有目光。

ＩＤ女孩一派謙虛：哎呀其實也沒有那麼誇張了啦，在場的前輩都很厲害的。

內心暗爽。

姐妹們，還在等什麼，這樣的團入股不虧啊！

什麼？你說這是限定團？那也沒關係呀，可以單賣啊！你看看我們這個風風，再看看我們這款栩栩，或者，你喜歡這個燃燃嗎？

九款大佬，各式各樣，應有盡有，滿足你對愛豆的所有要求！走過路過不要錯過！現在入手還送養成快感啊！

經歷這一夜，ＩＤ團無論是人氣還是地位都有了很大的飛躍，用實力鋪就的道路，註定受眾人青睞。

國際音樂節之後，吳志遠一直在幫ＩＤ團談的那款飲料代言立刻拿下來了。

其實就是岑風上次代言高端礦泉水的那個品牌，代言商現在又出了一款系列果汁，剛好有九種口味。

不過中天也正在幫 F-Fly 磨這個代言，F-Fly 雖然沒有大火，但畢竟穩紮穩打這麼多年，比起剛出道幾個月的ＩＤ團來說，在某些層面更有保障一點。所以代言商一直沒有給出具體答覆，還在考量。

直到音樂節出圈，代言商再也不猶豫，直接跟吳志雲簽了合約。

岑風拿到了九種口味中的主打款，草莓口味。

到時候九個人的形象都要印在飲料瓶上，按照代言商的意思，九個人要根據各自代言的口味穿相應顏色的衣服拍廣告。

然後岑風被迫穿上了粉色。

許摘星是第一次見愛豆穿這麼粉嫩的衣服，按照代言商的要求，她還要幫他做又奶又甜的造型。

反差太大，母愛爆棚。

正忍著想親親舉高高的心情幫他上妝，突然聽到愛豆冷聲問：「妳是不是又在心裡喊我崽？」

許摘星：？？？

這你都知道？

岑風好頭疼：「許摘星，我說過不可以。」

許摘星非常委屈：「我又沒有喊出來。」

岑風：「心裡也不可以。」

許摘星：「嗯嗯嗯，好的！」

啊，發脾氣的寶貝也好可愛哦。

岑風：「……」

她眼中的慈母光輝為什麼更亮了？

ＩＤ團拍完這個廣告沒幾天，金主爸爸官宣了岑風的個人代言。風箏們早早就在期待愛豆出道首代言，猜什麼的都有，大多覺得應該是親民路線的護膚品或者生活用品。

沒想到居然會是高端礦泉水。

還挺有格調。

而且銷售管道非常廣泛，金主爸爸宣傳一絕，各大超市商場上貨鋪開，海報、影片隨處可見。

愛豆的第一個代言風箏們當然是全力支持，網路上旗艦店居然被買到缺貨。不過好在供應方反應快，立刻補貨，風箏們又開始第二輪的瘋搶。

藝人的帶貨能力跟他的商業價值直接掛鉤，首次代言的成功也讓資本方確定這個如今最火的新人他的人氣不是虛高，而是實實在在的爆火。

接下來辰星繼續幫岑風接洽代言，就容易很多。

ＩＤ團拍完廣告之後，又收到了國內最紅年限最長的室內綜藝《歡樂人生》的邀請，錄製一期節目。

《歡樂人生》是地方電視臺的王牌綜藝，已經播了十餘年之久，饒是辰星這些年來綜藝事業突飛猛進，也比不上它的國民度和知名度。

這畢竟是連爺爺、奶奶都能說出主持人名字的綜藝。

而就在ＩＤ團各方形勢都大好的時候，今年的嬋娟秀正式官宣了，並且在官宣的同時，公布了今年會有男裝首秀的消息。

嬋娟秀是時尚圈每年最關注的秀展之一。

也是娛樂圈藝人每年最想去的秀展之一。

嬋娟創辦以來，從未出過男裝，今年突然爆出男裝秀的消息，震驚各方。震驚之後，不少男藝人們開始蠢蠢欲動了。

既然姐姐可以，哥哥也可以。

這可是國內頂尖的秀展，誰都不會忘記當年趙津津是怎麼憑藉飛天走上成神之路的。

嬋娟首套男裝的意義非同凡響，它代表的不僅僅是圈內頂級時尚資源，更是身分和咖位的象徵。

一夜之間，不僅許摘星的設計工作室收到不少自薦信，網路上各種八卦通告也層出不窮。

因為各方熱議，嬋娟秀受到比往年更多的關注。

而且因為之前嬋娟設計師許摘星參與《愛豆風風環遊世界》的服裝設計，不少粉圈的小姐妹也對嬋娟格外關注。

之前幫愛豆支持嬋娟秀的時候還有人跳出來說別想了，嬋娟只有女裝！我哥不可能穿裙子！結果今年居然就爆出男裝首秀了！

這是巧合，還是……

風箏：合理懷疑許摘星是我哥粉絲。

不過這麼說還是玩笑居多，風箏們還是很冷靜的，不亂畫餅。而且網友都在說，這次能登上嬋娟男裝首秀的人必然是圈內頂級大咖，或者是國際超級男模。

我哥雖然紅，這種咖位還是不敢認的。

安啦安啦，這種事就不要癡心妄想了，我們的資源已經很好了，快去多買幾箱礦泉水吧！

大部分的風箏還是理智的，玩笑開完就過了，又嘻嘻哈哈投入下一個話題中。

她們最近正在評選這個月的愛豆風風，有個粉絲搭配了一套民國軍裝皮靴配黑色披風，又颯又A，風箏們嗷嗷叫著把她投到榜首，就等下一次演出愛豆真人cos。

結果沒兩天，社群好幾個八卦行銷號同時傳出了岑風可能會走嬋娟秀的爆料。

還把之前風箏開玩笑說「許摘星是岑風粉絲」的言論截圖放在配圖裡。

這幾個行銷號其實都是另一家娛樂公司養的號，岑風出道之後，對他們旗下流量藝人的衝擊非常大，自然對他恨得牙癢癢。

其實不止他們，圈內不知道多少人虎視眈眈盯著岑風和他粉絲的一舉一動，哪怕只是一個微不足道的黑點都會被他們無限放大。實力是黑不了了，只能往人品性格行為上黑，爭取拉低路人好感。

爆料一出，事先準備好的水軍集體下場，留言清一色都是嘲諷。

『這家粉絲是真的心裡沒點數。』

『岑風是誰？頂流？大咖？超模？嬋娟為什麼要請他走秀？』

『嬋娟設計師是他的粉絲，這是我今年聽過最好笑的笑話。』

『還說嬋娟是為了他才出男裝，我的媽，我笑到後半輩子不能自理。』

『現在的新人這麼狂妄的嗎？』

『去了幾個商演，上了幾個綜藝，參加一個狗屁音樂節，就當自己是頂流大咖了？』

『一個沒有代表作的愛豆也想登月碰瓷頂級時尚圈？』

『臉大如盆。』

因為一句玩笑話被群嘲的風箏差點氣瘋了，反黑控評戰鬥立即打響。但對方明顯是資本下場，她們控得越狠，對方砸得越狠。

好不容易抓到岑風一個可以全網嘲的黑點，當然不會放過，熱搜水軍買得飛起。社群這邊#娛樂圈最沒自知之明的粉絲#的熱搜一路攀升，話題點進去，風箏碰瓷嬋娟秀的截圖滿天飛，某些對家唯粉也趁機渾水摸魚，假裝路人把岑風從頭到腳嘲了個遍。各大論壇的黑文刪之不盡，早已視岑風為眼中釘的對家們卯足了勁，要趁這次機會把他拉下神壇。

話確實是粉絲說過的，就算解釋說是玩笑也洗白不了路人觀感。

風箏們一邊撕黑粉水軍，一邊罵自家那些開玩笑不分輕重的傻子，一向佛系的風圈一片混亂。

風圈只有在最初成型的時候跟隊友粉吵過，後來岑風實力展現，網路上那些偷懶菜雞的言論也消失了。

再加上一有什麼動靜，許摘星便立刻安排辰星公關壓了下去，風箏們一路過來，受愛豆實力和辰星公關的庇護，沒吵過幾次，戰鬥力根本不行。

擅長說騷話，不擅長說髒話。

這次切身感受到資本下場的威力，一時之間有些手忙腳亂。

好在辰星的公關反應快，對方砸錢的同時辰星也在砸，雙方拉鋸戰，誰也不比誰弱，堪堪穩住場面。

要不然以風箏這個戰鬥力，早就被全面碾壓了。

然而對方有備而來，一個爆料不算完，緊接著又扔出一則新聞。

曾經是國際超模，如今轉型偶像的藝人龔陽熙已與嬋娟工作室接觸過，雙方相談甚歡，龔陽熙稱與嬋娟設計師許摘星私下是朋友。

通告新聞滿天飛，行銷號還搞了個投票：「你覺得岑風和龔陽熙誰更適合嬋娟秀」。

龔陽熙的投票數高達百分之九十。

『這有可比性嗎？國際超模不比一個愛豆專業？』

『龔陽熙標準九頭身啊！超模完全吊打某些登月碰瓷的愛豆好不好？』

『來品一品龔陽熙走秀踩點。』

『說真的，龔陽熙雖然轉型後人氣比不上岑風，但人家是貨真價實的超模，臉也好看，這樣的格調才適合去嬋娟秀吧。』

『純路人弱弱說一句，岑風的身材和臉更好吧……』

『所以就能登月碰瓷？嬋娟秀是光臉好身材好就能去的？』

風箏：……這個龔陽熙又是哪個傻子？拉踩通告以為我們看不出來是你發的？誰他媽碰瓷誰你再說一句？

龔陽熙還嫌場面不夠亂，意味深明地發了篇文。

——@龔陽熙：『準備重回秀臺。』

風口浪尖的，發這句話什麼意思大家都明白。

坐實了他要去走嬋娟秀的傳聞，也坐實了岑風碰瓷提咖的爆料。

風箏們氣瘋了，話是我們說的，玩笑是我們開的，就算碰瓷也是我們碰的，關我們愛豆什麼事？

網友才不管那些呢，粉絲行為偶像買單聽過沒？

一片烏煙瘴氣中，社群認證為「嬋娟創辦人」的ＩＤ「是許摘星呀」上線了。

這位設計師平時深居簡出，非常低調，很少發文，發也是一些花花草草陽光白雲，一派溫暖恬靜歲月靜好的畫風。

上一則貼文還是三個月前發的，在湖邊賞桃花。

她的粉絲關注並不多，只有三十多萬，卻並不簡單。

除了以前的同學和岑風的部分粉絲，關注清單裡全是時尚界的各種大咖，國際超模，以及娛樂圈的一些藝人。

她平時幾乎不跟人互動，再加上嬋娟設計師的名頭，給網友的印象比較神祕冷豔。

想像中應該是那種每天下午坐在別墅花園陽臺邊，端一杯咖啡，看著遠處連綿青山，拿著畫筆漫不經心在紙上描摹的樣子。

就是這麼一位高冷的設計師，分享了龔陽熙的文。

——@是許摘星呀：『請問您哪位？我跟您熟嗎？』

什麼叫打臉？

這就叫打臉。

不僅黑粉，連風箏都愣住了。

雖然她們平時會因為愛豆風風時常在論壇啊粉絲群組啊聊起這位設計師，但講真的，還是沒人敢去跟她攀交情，對這位時尚界的大佬存著敬畏之心。

頂奢品牌不是說說而已，而且她還跟四大刊之一的《麗刊》關係緊密，萬一因為言語不恰當得罪了這位大佬，愛豆今後的時尚資源就別想了。

所以風箏們最多最多，也只是去關注一下她的社群帳號，連留言私訊都沒發過。

怎麼也沒想到，在這樣風口浪尖的時刻，她會站出來毫不客氣地打臉。

打的是龔陽熙的臉，維護的是我圈的尊嚴啊！

你龔陽熙不是發通告說你跟許摘星熟嗎？私底下是朋友嗎？不是雙方相談甚歡，不是要去走嬋娟秀嗎？不是拉踩岑風嗎？

怎麼人家設計師說不認識你啊？

正主一發文，直接擊碎了龔陽熙要走嬋娟秀的謠言。風箏們只覺得出了一口惡氣，正要去嘲諷一輪這個拉踩自家愛豆的傻子，結果龔陽熙灰溜溜刪文了。

以為這事刪文就完了？當截圖功能不存在？

辰星手裡的行銷號紛紛反擊，將前一刻還耀武揚威的龔陽熙嘲得留言都不敢開了。之前搞投票的行銷號也趕緊刪了文。

對方資本也沒想到嬋娟設計師會這麼硬，經過短時間的慌亂之後很快恢復鎮靜。

龔陽熙拉踩蹭熱度也改變不了岑風登月碰瓷的事實啊。還說人家許摘星是你圈粉絲，簡直笑死人了。

但是，沒有人想到。

她，許摘星，今天就要做打臉小鬥士。

分享完龔陽熙的發文後，這位平時三個月不發一篇文的許大設計師，又發了一則動態。

——@是許摘星呀：『自證粉籍。』

配圖：少偶公演門票、ＩＤ商演門票、岑風橙色燈牌。

黑粉：？？？？？？

風箏：？？？？？？

您還真的是啊！

看這門票，從少偶第一次公演就有了，入坑還挺早？還有官方訂製燈牌？商演也都去了？我靠妳居然看了這麼多現場？

好羨慕啊！

許摘星兩篇發文，把黑粉的臉打得啪啪作響，打得對方資本全部閉嘴，再也不敢多黑一個字。

整個風圈在不可置信的震驚之後，陷入了巨大的難以言表的狂喜和欣慰中。從前不敢打擾這位大設計師，現在自證粉籍，大家就是姐妹了啊！一窩蜂湧到許摘星的社群。

有留言問：『許師許師，冒昧問一下，嬋娟男裝秀有可能是我哥嗎？』

許摘星回覆：『自信一點，把可能去掉。』

風箏：啊啊啊啊啊啊啊啊是我哥！真的是我哥！啊啊啊啊啊我哥是什麼神仙愛豆吸的都是什麼神仙粉絲！

#岑風 嬋娟秀#直接登頂熱搜第一，嬋娟設計師許摘星回覆粉絲的留言等同於官宣，再加上今天兩場打臉大戲，引來全網圍觀。

大家一邊哈哈嘲笑龔陽熙和黑粉的同時，一邊紛紛感嘆，岑風的運氣真好啊！怎麼能擁有這種神仙粉絲呢？

一向跟時尚圈有隔閡的娛樂圈這次算是真真切切的吃了一口兩圈交匯的瓜，以前只知嬋娟，如今終於知曉了嬋娟背後這位天才設計師許摘星。

天才設計師不僅追星，還把星追到了極致，把頂尖時尚資源遞到愛豆面前。

這是多少追星女孩的夢想啊。

嗚嗚嗚一時之間竟然不知道該羨慕誰。

全網圍觀的同時，許摘星為辰星推出的換裝小遊戲設計服裝的事情也逐漸傳開。

難怪呢，一開始大家還疑惑堂堂頂奢設計師，怎麼會突然自降身分跑去設計一個只面向粉絲的小成本2D遊戲，原來是在幫愛豆謀福利啊。

後又有曾經在少偶工作過的網友爆料，說當初少偶的總造型師就是許摘星。

風箏：！

我們就說！哥哥每次的舞臺造型怎麼那麼好看！

我們就說！愛豆風風裡的服裝風格跟少偶舞臺服的風格怎麼那麼像！

啊啊啊啊我們玩愛豆風風，大設計師妳玩真人風風啊！

其他人追星，最多只能打個榜投個票買個代言，大設計師追星，送資源做遊戲設計造型，兢兢業業謀福利。

還是別的藝人求都求不來的頂級福利。

這是什麼神仙粉絲。

#許摘星 神仙粉絲#的關鍵字一路狂奔至熱搜第二，就在#岑風 嬋娟秀#之下。

看到熱搜的許摘星：沒想到有一天，我會和愛豆一上一下……啊呸！

事情鬧得這麼大，許摘星也懶得再等，直接讓嬋娟工作室官宣了岑風登男裝首秀的消息。

正式官宣，全網再爆，風箏們的心情用歡天喜地也無法形容，那些跳腳的黑粉她們已經不放在眼裡了，全力投入到愛豆嬋娟首秀的宣傳中。

對娛樂圈藝人並不太瞭解的時尚圈，也不得不關注起這個剛剛出道的新人。

本來對於許摘星以公謀私的行為還有些微詞，但在看過岑風的照片和影片都沒話說了。ＯＫ，這個顏值這個身材這個氣質，我們服了。

所有人都明白，登上嬋娟秀的岑風，再也不能用區區一句愛豆來形容了。沒有誰家愛豆有資格走世界頂級秀臺。

哪怕這是許摘星這個粉絲打破規則一手推上去的，但過程不重要，資本只看結果。

岑風的身分和咖位，在這一刻，發生了質的變化。

別家粉絲酸溜溜地想，為什麼我家沒有這樣的神仙粉絲呢？

✦

網路上鬧得沸沸揚揚的時候，剛剛結束一天訓練的ＩＤ團們嘻嘻哈哈回到別墅，洗漱完之後開始今日的網路上小號衝浪。

網癮少年們吃到了已經涼掉的八卦。

大家面面相覷，茫然又傻眼，最後看著岑風問：「隊長，這個許摘星，是我們認識的那個許摘星嗎？」

岑風坐在地板上玩《超級瑪利歐兄弟》，不鹹不淡「嗯」了一聲。

施燃一個飛撲撲到他背上，岑風操控的小人吧唧一下被烏龜撞飛了。

「你居然早就知道！我靠，小許老師來頭居然這麼大！你為什麼不早說？」

岑風兩巴掌把他拍下去，一臉冷漠：「跟你無關。」

默默滑社群的應栩澤：還有更大的來頭，你們都不知道，我知道，可我不敢說，說了就會被雪藏（瑟瑟發抖）。

辰星騎士團另外兩個人跟應栩澤對視一眼，都在彼此眼裡看到同樣的訊息。

然後相視一笑，低下頭去。

伏興言發現盲點：「所以摘星是你的粉絲，因為你才會去少偶，也因為你現在才會成為我們團的總造型師？」

施燃：「我靠？」

井向白：「哇哦。」

何斯年：「天啊。」

電視裡一蹦一跳的小人爬上旗杆，成功通關。一向冷漠不愛笑的隊長回過頭，朝他們勾了下唇角：「羨慕嗎？」

ＩＤ團：？

這個非常欠揍的笑是怎麼回事？

嬋娟秀官宣沒過幾天，許摘星就帶著按照岑風身材比例量身訂做的刺繡西裝來找他了。

嬋娟女裙雖然加入了中式古典元素，但整體依舊遵循了現代服裝理念，偏晚禮服樣式。在設計男裝時，許摘星也採用了同樣的理念，選擇西裝樣式進行操刀，而後加入刺繡元素。

岑風的身材非常好，標準的衣架子，肩寬腰窄腿長，穿西裝尤顯得滿身貴氣。

特別是換上許摘星專門為他設計的這套訂製後，邊扣手腕處的鈕釦邊往外走時，像從百年前的舊時光裡走出一位沒落的貴族，清冽又矜貴。

許摘星的眼睛都看直了。

自己是什麼粉取決於愛豆今天穿什麼，這句話真的沒錯。

現在她立刻丟掉了媽粉包袱，已經開始幻想愛豆微微扯開領口，鎖骨若隱若現，然後把她壁咚的畫面！

岑風看了她幾眼，突然極短促地笑了一下，尾音帶著點啞，低聲問她：「在想什麼？」

許摘星被這低音撩得幻肢都硬了。

下意識就說出了真話：「想被你壁咚……」

話音剛落，被愛豆扶住肩膀往旁邊帶了一下，她本來就被撩得暈頭轉向全身無力，反應過來的時候，已經被岑風按在牆上了。

他低頭垂眸，似是疑惑不解：「這樣？」

許摘星差點當場厥過去。

感覺被他的氣息嚴絲合縫地裹住，整個人都快窒息了。

岑風只見身下的少女臉越來越紅，瞳孔越放越大，憋氣憋得快暈過去，終於慢條斯理地把手收了回來，後退兩步，半垂著眼，扣剛才沒扣完的袖口。

碎髮掃在眼尾，有種清冷的優雅。

許摘星用手捂住嘴，喉嚨裡發出一聲克制的嗚嚶，清晰感覺到自己體內最後一絲屬於媽粉的理智澈底衝破了道德的枷鎖，撒丫子跑沒了影。

不媽了，直接硬吧。

岑風扣好了袖口，抬頭看她捂著嘴眼尾泛紅的模樣，明知故問：「怎麼了？」

許摘星深吸好幾口氣，才找回自己的聲音，委屈兮兮：「哥哥，你這是跟誰學的？」

學得這麼壞，這麼會撩。

岑風假裝思考了一下：「電視劇裡。」

許摘星痛心疾首：「現在的電視劇，害人不淺啊。」

他好笑地搖了下頭。

有了這麼一齣，許摘星接下來都有些心猿意馬。特別是當她發現因為當初不敢上手選擇了目測臀圍資料導致現在褲子好像有些不合身時，整個人又燒起來了。

結結巴巴地說：「哥哥，你……你轉過去我再看看。」

岑風依言轉身。

許摘星盯著愛豆的屁股看了半天，確定了，確實不合身。稍微有些大了，不僅沒能體現出愛豆的翹臀（？），反而因為微微的寬鬆造成了幾分皺褶。

半天，岑風聽到她說：「褲子後面要改一下。」

他自己當然也有所感覺。

回頭時，看她磨磨蹭蹭拿出量尺寸的皮尺，露出一副視死如歸的神情。見他看過來，許摘星吞了吞口水，硬著頭皮說：「哥哥，我要重新量下你的……數據。」

岑風溫和一笑：「好。」

許摘星磨蹭半天，終於上手了。

屏氣凝神，目光專注，克制著不亂想不亂看不亂摸。但指尖還是不可避免地碰上了。

嗚，他媽的，是真的翹。

摸了愛豆屁股的許摘星小朋友覺得自己接下來一週都要吃齋念佛才能消磨自己的罪過，擯棄內心的色欲雜念。

量完數據，岑風回試衣間把衣服換下來了。

有兩處地方還要改，許摘星將整套西裝重新裝回袋子裡，臉頰上的紅還沒褪完，小聲跟他說：「我改完了再拿來給你試。」

岑風點頭說好。

許摘星揮了下手，抱著衣服一秒也不敢多待，趕緊溜了。

出去的時候，尤桃剛好從外面進來，見大小姐落荒而逃的背影，不由得朝站在房間裡的岑風投去一個意味深長的眼神。

岑風回她一個非常鎮定且含蓄的笑。

✦

嬋娟秀官宣之後，岑風之前毫無動靜的時尚資源瞬間熱絡起來。好幾家雜誌主動找上門，邀請他做一期訪談。

雖然都不是《麗人》這種頂尖四大刊，但飯要一口一口吃，路要一步一步走，對於現在的岑風來說，這幾本時尚雜誌資源還算不錯了。

不過吳志雲也有要求，非封面免談。

之前幫應栩澤他們談了一個雜誌訪談，對方只給了內頁的版面。畢竟出道排位不一樣，人氣和資源有差別，但輪到C位這裡，就必須是封面。

前兩個都順順利利拍下來了，輪到第三個的時候，卻出了點問題。

封面確實還是封面，但是是和另外一個男藝人合拍。

吳志雲聽到工作人員這麼說的時候，頓時怒了：「這怎麼行？單人封和雙人封能一樣嗎？而且我們跟對方完全不認識，既無合作又無私交，沒有一起合拍封面的道理！」

還有一句話他沒說。

對方根本就是個三、四線的糊咖，跟岑風一起拍封面這他媽不是強行捆綁提咖嗎？他們又不是來做慈善的。

《都市秀》雖然是目前談下來的雜誌中地位最高的一個，但吳志雲也不可能因為這一點就放棄原則。

副主編見他的態度這麼堅決，笑著打圓場：「吳哥，話也不能這麼說。沒有合作現在不就有了嗎？沒有私交拍了不就有了嗎？而且新的合體更新穎嘛，雙封的市場也更廣。」

吳志雲哪會不知道他打什麼主意，不就是想利用岑風的人氣帶一帶這個糊咖，冷笑一聲：「用不著，市場我們岑風一個人完全撐得起。」

副主編在心裡暗罵他不識好歹，面上乾笑兩聲，又轉頭看向岑風。

圈子內都知道，岑風性格很淡，不爭不搶，一向很好說話。也正是因為這一點，他們才敢臨時來這麼一手。

他嘆著氣裝可憐：「岑風啊，你看你來都來了，雙封單封也就你一句話的事。要不然我叫蕭川過來，跟你見個面，你們聊一聊……」

結果岑風很冷淡地看了他一眼：「不用。」

吳志雲心說，我們家藝人是善良，又不是傻。

副主編被兩個人的態度搞得有點冒火，他好歹也是二線時尚雜誌的副主編，圈內一般的藝人哪個不是笑臉相迎，輪到這個出道沒多久的新人這裡，居然還要起大牌來了。

何況他又不是辰星的正式藝人，一年合約而已，還真當他怕了？

副主編的臉色頓時有些不好看，陰陽怪氣道：「吳哥，現在市場就是這樣，咖位撐不住單封強行上的話，讀者不買帳的。《都市秀》跟你們之前拍的那幾家不一樣，你看看我們上一期封面是誰？你們這樣，不是叫我難做嗎？」

吳志雲一聽，你他媽諷刺我們咖位不行？

他也懶得跟這種人扯，直接起身跟岑風說：「我們走，不拍了。」

副主編頓時拉下臉：「吳哥，你們可想好了。封面我們給了，是你們自己不拍，除了我們，哪家雜誌現在騰得出檔期來？」

吳志雲冷冷瞅了他一眼，二話不說走了出去。

岑風還是那副淡淡的模樣，不氣也不惱，微微朝副主編點了下頭，算作招呼，雙手插在口袋裡不緊不慢離開了。

吳志雲走得快，邊走邊打電話，岑風只聽到他斷斷續續的罵聲，應該是在跟誰吐槽剛才的事。

等他走到電梯門跟前的時候，吳志雲已經掛了電話，臉上的憤怒一掃而空，有點高興地跟他說：「不著急，哥重新幫你聯絡了一個封面，馬上有消息。」

岑風點點頭，伸手按了電梯。

兩人正等著，剛才的副主編又追了出來。

剛才在氣頭上，他話說狠了，現在兩人一走，他才冷靜下來。可不能讓岑風跑了，還要想辦法再磨一磨。

邊走邊賠笑道：「吳哥！老吳！你說你這性子，怎麼還是這麼急呢？有什麼話可以好好說嘛，都可以談啊。」

正說著，吳志雲的電話響了。

他看了來電顯示一眼，眼裡閃過一抹喜色，再抬頭看向副主編時，帶了絲嘲諷了。

慢悠悠接起電話，大聲道：「喂，安南主編。」

副主編腳步一頓。

電話那頭笑吟吟的：『摘星剛才跟我打電話說了，多大點事，《都市秀》那種雜誌也值得你生氣？行了，把人帶過來吧，下期幫你們挪出來了。』

吳志雲爽朗一笑：「行，我們這就過去。」

掛了電話，他朝岑風揚了下眉：「妥了。」

電梯門叮一聲打開。

兩人走進去。

副主編趕緊跟上來，用手撐住電梯門，陪著笑問：「老吳，怎麼走了啊？坐下來聊聊嘛。」

吳志雲非常和善地朝他一笑：「不聊了，領著我家咖位不夠的藝人拍《麗人》去。」

副主編：「……」

第二章 *It's Me*

許摘星從來沒有主動開口跟安南要過《麗人》的資源。往常都是時機到了，雙方覺得可以合作，然後一拍即合，這也是安南非常欣賞許摘星的一點。

像今天這種，直接開口幫一個新人要封面，還真是頭一次。

《麗人》如今穩坐四大刊第一的位子，合作對象清一色都是影帝、影后、大花、一線，國民度和咖位都是頂尖的。

哪怕岑風人氣爆棚，還即將走上嬋娟秀臺，但以他現在的資歷，確實還不足以登上《麗人》封面。

但許摘星都開口了，安南能拒絕嗎？

立刻安排下去，把下一期的封面挪出來給岑風。而且能讓許摘星這麼上心，又是出男裝又是要封面的，他也很想親眼見一見。

吳志雲很快帶著岑風過來了。

安南這個外貌協會一見這臉就喜歡得不得了。

雙方沒有什麼問題，很快敲定合作。這是岑風的雜誌首封，安南不著急定風格，先跟編輯部開個會，篩選一下各自的提案，最後再選最合適他的。

從《麗人》編輯部離開的時候，安南還把他們送到了電梯口，要知道很多頂流都沒有這種待遇。

岑風心裡大概猜到和許摘星有關。

以前《麗人》還不是四大刊的時候，嬋娟就經常上刊，他有時候看到了也會買一本回去翻一翻。後來嬋娟和《麗人》同時成長，彼此成就，兩方關係應該不錯。

他心底說不上是什麼感覺。

好像被她保護著，有些柔軟的甜。

卻又不想以後再發生這種她為自己擔心著急，開口求人的事情。

他以前覺得一切都無所謂，無欲無求，不爭不搶，隨遇而安。

第一次生出爭搶的心思，是那一次在少偶的公演化妝間，聽到周明昱說，許摘星有一個喜歡了很多年的男生。

那是頭一次，心底生出了想要把她那份喜歡，搶過來的想法。

他沒有喜歡過女孩子，喜歡這個詞對於曾經的他而言太奢侈了。他也不知道是從什麼時候開始，他對自己生命裡這唯一一束光產生了喜歡的感情。

會想見她，想和她說話，看到她笑他心裡就愉悅。卻也明白自己孑然一身，未來不堪，沒有資格去喜歡那麼美好的人。

直到那一天，他開始想把她搶過來。

他不知道該怎麼去爭，所以她喜歡什麼，他就去做什麼。她想看他的舞臺，他就好好跳給她看。她喜歡這個世界，所以他願意試著和這個世界和解。

而第一次有了想要強大的心思，就是此刻。

他不想她為自己擔心，不想今後再有類似的事情發生，不想她因為自己不被看重而生氣難過。

今次是因為她與安南交好，所以輕而易舉解決了一切。若是還有下次呢，若是對方難纏又險惡，她卻因為他一頭撞上去，那該怎麼辦？

他比任何人都明白資本的話語權和名氣地位的重要，這是這個圈子的常態。只要他還在這個圈子，這些就無可避免。

也可以選擇離開，但他如今想留下來。

這個圈子對他而言，不再是曾經的黑暗泥潭。他有了隊友，有了兄弟，有了粉絲，和一家截至目前為止都還不錯的經紀公司。

他想留在這個舞臺上，跳舞給她看。

既要留下來，就必須強大，來面對今後一切魑魅魍魎，怎麼能讓她張開手臂擋在他面前。

上車之後，吳志雲見岑風一直垂著眸不說話，以為他還在為《都市秀》的事生氣，拍拍他的肩安慰：「別想了，讓那群狗眼看人低的東西自己後悔去。安南說封面很有可能會在國外拍，剛好過段時間公司幫你安排去巴黎看個秀，我們爭取利用這段時間把時尚這塊短處補上去。」

岑風突然說：「我最近沒什麼事，多安排幾個通告吧。」

一向不想營業的人突然主動要求增加行程，吳志雲震驚了，忍不住問：「今天受的刺激這麼大啊？」

岑風笑了一下：「嗯。」

吳志雲心裡頓時有點難受和愧疚，還是自己工作失職，沒提前安排好，看把我們崽崽難過成什麼樣了，大小姐知道還不扒了自己的皮。

立即點頭：「好，回去就幫你安排上！」

許摘星一直叮囑他不准把岑風的行程排得太密，要保證他有足夠的休息時間。而岑風又是撥一下動一下的冷漠性子，他推了很多通告，為此還很惋惜。

現在岑風終於要開始奮進了，吳志雲欣慰又高興，從第二天開始岑風的行程就多起來了。

於是風箏們突然發現，愛豆營業的時間增加了。

終於可以經常看到新鮮的愛豆，大家歡欣鼓舞，奔相走告，更加熱情地打起了榜。

月底，岑風隨《麗人》拍攝團隊一同前往摩洛哥拍攝封面。封面造型是由安南直接負責，許摘星這次就沒跟著去了，岑風只帶了尤桃和另一個男助理。

拍完封面之後，又轉道巴黎看秀，因為顏值逆天的路透圖又上了一波熱搜。

登上嬋娟秀的前一週，《麗人》官宣了下一期的封面預告，再一次震驚半個娛樂圈。

又是岑風？

憑什麼啊？

他的資源也太好了吧？

風箏：憑我們哥哥有個神仙粉絲。

沒錯，沉寂了一段時間的許摘星的名字再一次出現在大眾視野。

眾所周知，《麗人》主編和嬋娟設計師許摘星的關係很好，當年嬋娟剛剛創辦就首登《麗人》，要知道那時候的《麗人》還只是一個名不見經傳的小刊，能拿到嬋娟的訪談算是高攀了。

後來嬋娟的每一個系列面世時都是跟《麗人》合作，兩人還被時尚圈的八卦記者拍到經常私下聚會吃飯。

要不是許摘星年齡小，緋聞早就傳開了。

岑風登上《麗人》封面的新聞傳出來後，許摘星跟安南的友人關係也被行銷號掛了出來，之前還陰陽怪氣的路人瞬間閉嘴了。

你有神仙粉絲，你厲害，行了吧？

再一次吃到八卦的網友們倒是很興奮。

神仙粉絲許摘星又為愛豆拿下一大頂尖時尚資源，Double kill！讓我們敬請期待下一次神仙出手，拿下 Triple kill！

大家看得又羨慕又酸，議論紛紛。

『我說真的，岑風有這種粉絲，是上輩子拯救了銀河系吧。』

『我牆頭出道五年才拿到《麗人》首封，真是羨慕了。』

『許摘星妳什麼時候脫粉，來看看我家孩子吧。』

『嬋娟秀和《麗人》封面，我羨慕哭了，這資源是蘇野這種級別才有的配置啊！』

『蘇野也沒走過嬋娟秀啊，畢竟是男裝首秀，靠，越說越酸，又想起了趙津津當年飛天成神，岑風看來也不遠了，圈內頂咖預定。』

『許摘星！看看我兒子周明昱吧！我兒子可鹽可甜，可正經可沙雕，入股不虧啊！』

『這種級別的大佬居然跪舔一個只有臉的愛豆，以公謀私，真的太 low 了，我現在看嬋娟都覺得 low。』

『樓上什麼迷惑發言？我要是有這本事，我也願意砸資源給愛豆，人家送自己的資源，礙著你什麼事？眼紅得滴血了吧？』

『只有臉？你再說一次？把你正主說出來，來跟本風箏對線啊！』

『我竟然很吃這種大佬粉絲一心一意為愛豆謀福利的劇情，那個，有大大寫嗎？』

『我也吃！而且看社群風格，許摘星平時很低調很文靜啊，但是上次打臉人的時候又很霸氣，我靠這種維護愛豆的反差萌我太愛了！』

『對不起，辰星CP我先嗑了。』

『我靠？這是什麼走向？CP都有了？』

『辰星，這名字好好聽好浪漫啊，像發著光一樣！』

『你們磕CP就算了，直接盜用辰星娛樂的名字不太好吧哈哈哈，岑風現在還是辰星的藝人啊。』

『我不管！辰星多浪漫！』

『粉絲和愛豆的CP你們也敢嗑，想被他家手撕嗎？可別連累女方了。』

『我靠，粉絲和愛豆的CP還不好嗑嗎？而且說實話，這CP我都覺得是男方高攀了。』

此時正在默默圍觀的風箏：「……」

一開始話題好好的誰他媽有病歪樓組CP啊！組就算了還他媽拉踩男方？

要是別的女藝人她們肯定二話不說就開撕了，但是許摘星大佬她們不敢碰啊！一碰愛豆的嬋娟秀和《麗人》沒了怎麼辦啊！

不過好在這個討論文沒多會就被刪了，風箏們翻了翻，發現CP氣氛並沒有蔓延，心裡默默鬆了一口氣。

此時，辰星公關部內，許摘星非常嚴肅地交代管理：「這段時間給我盯緊了，一旦有這種苗頭的全部掐死！」

心裡：我靠好險，當初偷偷用愛豆和自己的名字幫公司取名的事差點暴露了！組什麼CP，我配嗎？

秋葉開始泛黃時，今年的嬋娟秀正式拉開序幕。

頂級秀的門票是拿錢買不到的，風箏們也不想去湊這個熱鬧，乖乖在家坐等直播。不過粉絲裡也有富二代，比如雲舒們那一群，都利用人脈拿到了秀場票，高高興興去看風風走秀。

嬋娟秀每年都會在樂娛影視上直播，平時影視平臺上也有專門的嬋娟欄位，是許爹給女兒的福利。

風箏們閒著無事，滑專欄的時候把往年的嬋娟秀也看了一遍，看完之後紛紛對許摘星獻上膝蓋。

女孩子對漂亮的裙子禮服總是喜歡又嚮往的。

大家都在問：努力奮鬥，有生之年能穿一次嬋娟的裙子嗎？

回：姐妹，那是高級訂製，有錢都不一定能買得到的。

唉，有錢人的世界我們不懂，還是乖乖看秀幫寶貝打 call 吧。

許摘星幫愛豆設計的刺繡西裝已經改好了，拿給岑風試過之後終於合了尺寸。該翹的翹該緊的緊，絕不含糊，咳咳……

這次因為男裝首秀，不僅國內媒體，國際媒體也來了很多，主辦方核實完媒體名單後又將場館裡的媒體區擴大了一倍，以防擁擠。

岑風從巴黎回來就開始跟著吳志雲找的男模學習走秀了。

吳志雲以前帶趙津津的時候也幹過這種事，那時候還沒有嬋娟，只有飛天。現在又領著新人幹起這事，有種夢回當年的錯覺。覺得這是個好兆頭，岑風的今後必然會像趙津津一樣順利。

今年的設計許摘星主打「水墨」，以黑白為調，只有岑風的西裝上帶了紅色刺繡。

男裝她只設計了這麼一套，本就是為了岑風才出了男裝，也沒藏著捏著，岑風作為唯一的男裝模特兒，最後壓軸出場。

一大早，後臺就忙起來了。

因為是她的個人設計秀，所有模特兒的妝髮造型都由她來負責，不過還是有固定的秀展造型團隊從旁協助。

一天忙下來，飯都顧不上吃一口。

快到下午的時候，所有模特兒的造型才全部搞定。岑風來得比較晚，坐在許摘星專門安排的休息室等了沒多久，門就被推開了。

門一開便聽見她開開心心的聲音：「哥哥，我來啦！」她拖著化妝箱走進來，吸吸鼻子聞了兩下，眼睛頓時發光：「什麼味道？好香啊！」

岑風把保溫盒打開放在茶几上：「麻辣燙。」

許摘星興奮地撲過去：「買給我的嗎？」

他笑著點點頭，把筷子遞過去：「快吃吧，等等涼了。」

許摘星也確實餓了，聞著這味道更是食欲大開，不客氣的坐下來開始大快朵頤。岑風又把溫溫的奶茶和一塊提拉米蘇小蛋糕拿出來放在旁邊。

許摘星邊吃邊「哇」。

尤桃在後面說：「隊長開了好久的車去郊區買的，說妳最喜歡那家的味道。」

她跟在ＩＤ團身邊久了，也跟著他們一起喊隊長。

許摘星一吃就知道是哪家，入嘴明明是辣味，卻感覺被甜翻了，又在心裡誇了一波愛豆人美心善太寵粉。

不過時間不多，吃完飯許摘星嘴一抹，趕緊開始幫愛豆搞造型。

現在也顧不上花癡了，畢竟是岑風人生中的第一場秀，擔心他緊張，一邊幫他化妝一邊傳授自己這麼多年歸納的秀場經驗。

說了半天，感覺愛豆非常鎮定，緊張的反而是自己。

最後岑風笑著揉了下她的腦袋，低聲寬慰：「別擔心。」

許摘星被這個摸頭殺搞得臉紅耳赤，心裡默默算著，壁咚有了，摸頭殺有了，下次是不是該輪到公主抱了？

自從澈底解開了媽粉的道德枷鎖，她發現自己真是越來越不要臉了。

前面場館看秀的觀眾已經陸續入場，來了不少藝人，還有時尚界的大佬，媒體區的閃光燈沒停下來過。

下午五點，秀展正式開始。

模特兒們已經按照出場順序在後臺列隊站好，許摘星站在入口處，一個個確認最後造型無誤，然後準時登上秀臺。

滿場視線齊齊看去。

黑白輕紗，煙波霧繞，像溫軟水鄉緩緩鋪開一副水墨畫，又像古詩詞裡的婉約字詞生了靈根，化作女子走向人前。

螢幕前甚少關注時尚圈看秀的風箏們都被這大氣之美驚呆了，紛紛留言——

『我圈大佬真強！』

『我發誓我以後的婚禮要穿嬋娟！』

『我被美到只會啊啊啊啊啊啊啊！』

『能設計出這麼漂亮的小裙子的小姐姐到底是什麼神仙啊！』

『說來說去，我還是喊一句，我哥太強了！』

『高舉辰星大旗，衝呀！』

『CP粉滾！非要用這種方式逼走我圈大佬粉絲？』

『看個秀而已我還要反黑嗎？』

『圈內人說一句，許摘星的時尚圈地位是真的高，勸你們別惹，惹脫粉了你哥的時尚資源就要虐了。』

『好好看秀行不行？這麼漂亮的裙子難道不值得你們閉嘴靜靜欣賞嗎？』

『我哥什麼時候出來，好想看他穿小裙子的樣子。』

『什麼裙子？許師是瘋了才讓我哥穿裙子吧！』

『話是這麼說，可真的好想看QAQ……（對手指）。』

一個多小時後，秀展接近尾聲，岑風作為男裝首秀壓軸出場。所有人不自覺坐直身子，屏氣凝神。

煙波散去，水墨退場，他似從時光中走來，雕欄玉砌在身後一一坍塌，而他一路踩著宮牆廢墟，眼眸不驚半分波瀾。

沒人能把目光從他身上移開。

服裝成就了他，他亦成就了服裝。

這就是設計秀展的最佳狀態。

自此一役，岑風於時尚圈名聲大噪，驚豔了時光的秀臺照片傳遍全網。上一次是以音樂節上的舞臺出圈，這一次則是以顏值出圈。

不少路人紛紛發問：為什麼感覺他越長越好看？

風箏：衣服太貴，金錢濾鏡加成。

後來只要有人盤點「最驚豔你的一張照片」、「你覺得哪個明星穿西裝最殺你」、「娛樂圈頂級顏值代表」，但凡是跟顏值沾上關係的，岑風的秀臺照片總會霸榜。

顏值逆天不可怕，顏值逆天的同時實力也強到逆天這就很可怕了。

岑風的人氣熱度再度瘋漲，現在圈內以偶像身分出道的藝人裡，幾乎挑不出一個可以跟他對打的人了。

連曾經作為他導師的寧思樂，各個榜單都屈居於岑風之下。

嬋娟秀之後，岑風拿到了英國頂級美妝品牌戴安娜王妃旗下新品煥彩生機小藍瓶的代言。

這是許摘星老早就在幫岑風磨的一個代言，聽說對方在為新品尋找代言人的時候辰星便跟對方接洽了，期間一度失敗，對方對於岑風這個剛出道的新人是完全不信任的。

直到岑風走上嬋娟秀，許摘星把他的走秀影片傳給對方負責人看。

立刻就回了訊息，說：『這就是我們想要的人！』

立馬簽合約。

岑風又飛到英國拍廣告。

等官宣出來的時候，風箏們都傻了。

上一個代言是才十塊錢一瓶的礦泉水，下一個代言你就跳到了兩千塊一瓶的貴婦護膚品？

崽，跳級也不能這麼跳吧，考慮一下媽媽們的消費能力不好嗎？

話是這麼說，但愛豆能拿到這麼厲害的頂奢代言，就證明了他現在在圈內的地位和被資本肯定的商業價值，風箏還是非常開心的。

而且風圈的壕並不少，從她們當初投票那架勢就看得出來。

護膚品對於女生來說是必需品，買得起自然二話不說就下單了。稍微有點壓力的，想想這東西買回來塗在臉上我就變美了啊！就當幫自己的美貌投資，還可以支持愛豆，咬咬牙也買了。實在買不起的學生族當然就打打榜搞搞宣傳多買幾瓶礦泉水啦。

許摘星打開辰星員工百人大群組，@全員，傳送訊息。

——@大小姐：『今年年終福利發戴安娜王妃小藍瓶。』

辰星女員工：哇！

辰星男員工：？？？

網友們對於岑風又拿到頂奢代言已經見怪不怪了。辰星願意把他當親兒子寵，各種資源往他身上砸，外人除了羨慕嫉妒還能說什麼？

而且人家也爭氣，跳一個舞臺圈一波粉，去一次商演就是全場最佳。能力好成這個樣子，也是讓黑粉無話可說。

在ＩＤ團特別是岑風的事業蒸蒸日上時，辰星官方也公布了ＩＤ團成員個人單曲即將上線的消息。

各家粉絲對此期待已久，有了個人代表作，她們無論是做資料還是推薦都更有底氣，畢竟娛樂圈還是要靠作品說話。

只是這一次是九人單曲同時上線，也就意味著，九個人互為榜單競爭對手。之前團結一氣的ＩＤ女孩們瞬間分崩離析，一臉冷漠各回各家各找各豆。

粉圈，就是這麼無情！

另外八家都在慷慨激昂地打氣：勇爭第一！

沒錯，第二。

不跟隊長爭，爭也爭不過，我們都懂。

風箏們興奮地搓小手手等待著自家愛豆二兒子的降臨，大兒子〈The Fight〉她們已經聽了幾百遍了！也不知道這次的二兒子是親生的還是養子。常年霸榜的老大你準備好給老二讓位哈，讓我們二寶貝也上去見見世面。

單曲正式上線的前一週，ＩＤ團除了岑風外的八個人都在各自的社群上上傳了自己單曲的預告片。預告片只有二十秒，剪輯了一部分的音訊和MV，影片體現了各自的風格，還有歌曲製作團隊的資訊。

粉絲們興奮地嗷嗷直叫，每家都像過年一樣熱鬧。

只有風箏們：「……」

寶貝啊，別的愛豆都上傳預告片了，你什麼時候發啊？

岑風上則貼文還是很久之前的戴安娜王妃小藍瓶的廣告。他真的很少發私人貼文，自拍更是一張都沒有，首頁看起來像個沒有感情的廣告機器。

自家愛豆什麼性格她們也知道，孤僻冷漠說不定還社恐，她們也不強求這些了，平時能在公開活動上看到他就滿足了。

但是發單曲這麼大的事你不能也什麼都不管啊！你不發我們怎麼做資料怎麼搞宣傳啊！

紛紛找後援會，讓他們聯絡團隊，提醒愛豆發文。

結果沒多久後援會就發了一則語焉不詳的文。

——@岑風全球後援會：『別急，我們不一樣。』

風箏：怎麼了？我們不發單曲發專輯啊？

Bingo！猜對了！驚不驚喜，意不意外？

辰星第二天就公布了消息，岑風的首張個人專輯《It's Me》將於元旦正式發行。實體專輯全國上架，數位專輯全網上線。

前一刻還在焦急等訊息的風箏們被這個驚喜砸傻了。

更大的驚喜還在後面，久不營業的愛豆終於上線了，分享了辰星的文。

——@岑風：『寫了十首歌，希望你們喜歡。』

風箏：？？？？！！！

寶貝你把話說清楚！什麼叫寫了十首歌？你寫的？不僅是首張專輯，還是個人創作的專輯？

我靠！什麼神仙愛豆？

出道半年就出個人專輯，歌還全是自己寫的！

全體風箏興奮到瘋狂尖叫轉圈圈三天三夜不睡覺！

姐妹們，等什麼呢！宣傳搞起來啊！準備用最盛大的陣仗迎接新寶寶的降生啊！哥哥太強了！一生就生十個！（不是……）

#岑風個創首專《It's Me》#很快上了熱搜。

網友們一看他又上了熱搜，還以為是接了什麼厲害的代言，結果一看，什麼？個創首專？

顧名思義：個人創作的首張專輯。

出道半年出專輯不算厲害，專輯裡的十首歌都是自己寫的這才叫強。

粉絲興奮網友震驚的同時，黑粉也坐不住了，紛紛嘲諷。

『某風的時間可能是我們普通人的兩倍，不然怎麼在又拍廣告又上綜藝又去商演又走秀的情況下還能寫十首歌呢？』

『口水歌唄，一個和絃五首歌，我也可以！』

『撈金過於狠了。』

風箏們自從上次經歷過資本下場的鞭笞後已經成長了很多，戰鬥力提升不少，宣傳新專的同時非常有序地把這些黑粉按在地上摩擦。

ＩＤ團另外八家起先還擔心被隊長家霸榜，結果現在一看，人家要出專輯了，跟她們的愛豆已經不是同個等級的人了。

嘿呀，虛驚一場。來來來姐妹們，現在可以勇爭第一了！衝呀！

網路上宣傳搞得如火如荼，專輯的製作也進入了最後的收尾階段。

為此，岑風讓吳志雲把最近的通告減少一半，還推了一個很紅的綜藝邀約，把全部心思和精力投在專輯上。

第三章　穿越五千年

《It's Me》一共收錄了十首歌，其中包括單曲發行之後還沒有上戶口的〈The Fight〉。剩下的九首歌都是由岑風作曲編舞。有幾首歌的ＭＶ裡面ＩＤ團還友情出鏡，省了辰星請伴舞的錢。

當然這首專輯裡岑風所有的造型都是許摘星親自負責的。有她出面，某些品牌的訂製款輕而易舉就借到了，岑風錄這張專輯的ＭＶ，從頭到尾穿的都是各大高奢的當季新款。名副其實的「貴」。

岑風忙著製作專輯的時候，許摘星也在忙著準備綜藝。

ＩＤ團的團綜是出道時辰星承諾給粉絲的，限定團的時間只有一年，一年之後解散各奔東西，可能這輩子都無法再齊聚合體了。

這對於真心投入追團的粉絲來說實在是有些殘忍。

所以除去平時的商演舞臺合體外，辰星承諾會專門幫ＩＤ團策劃一檔綜藝，讓粉絲在追限定團期間不留遺憾。

早在《少偶》錄製的時候，許摘星就已經帶著御書房在策劃這檔團綜了。

近兩年來國內的綜藝市場發展非常好，花樣也越搞越多，之前辰星網綜一家獨大的局面已經漸漸被打破了。

國內綜藝「嘉賓」一直是一大看頭，許多觀眾都是看嘉賓挑綜藝。

但輪到團綜這裡，嘉賓就是ＩＤ團這九個人，除了粉絲以外，主流觀眾會對此感興趣的，大概連百分之五都不到。

只能靠綜藝本身的內容去吸引觀眾。

許摘星既然要做，那絕不可能只是做給粉絲看，辰星出品，必然面向大眾。她希望這次的團綜依舊能像以往一樣爆紅網路。

不僅要延續辰星的口碑，也要趁此機會，澈底打響ＩＤ團的國民度。

為此，御書房沒日沒夜加了幾個月的班，無數的原創提案被否決被推翻，到最後定下來的，是一檔包含了戶外求生和角色扮演的真人秀策劃。

許摘星幫這檔綜藝取名叫《穿越五千年》。

簡單來說，就是節目組會將ＩＤ團「投放」到五千年前，他們必須自己想辦法找線索回到現代。在這個過程中，他們會穿越歷史長河中那些已經湮滅的盛世王朝，完成各自扮演角色的任務，找尋回到現代的辦法。

而且這個綜藝跟以前分期錄製的節目不一樣，它是集中錄製。從ＩＤ團被迫穿越的第一天開始，接下來的二十天都必須活在節目組安排的情景之中，直到回到現代為止。

這是一個大工程，場景需要搭建十多個。但對於辰星來說，一切都是為綜藝內容服務，只要確定了，再大的投資，再難的場景，再繁瑣的後製，都必須要做好！

綜藝定下來後，許摘星領著整個御書房開始投入前期製作。場景、群演、政府申請、導演團隊、攝像團隊、後援保障、醫療團隊等等，全部準備無誤。

等ＩＤ團的單曲宣傳期一過，九個人收到了準備錄製團綜的消息。

岑風的專輯也在今天下午全部錄音完成，只剩下一部分後期製作，接下來就是音樂部的工作，跟他無關了。

從辰星離開的時候，外面下起了小雨。

雨滴在車窗上滑出無數道細密的水痕，他坐在車內翻尤桃遞給他的行程表，看到後天開始的團綜，皺了下眉：「二十天？」

尤桃點點頭：「對，集中錄製，錄完回來就要準備跨年舞臺和專輯宣傳了。」

她又拿出一份名單：「這是邀請你跨年的電視臺，吳哥的意思是，讓你在前兩個裡面選一個，熱度和人氣是所有電視臺裡最高的。」

岑風看了兩眼：「不跟團一起嗎？」

尤桃一副「你懂的」的眼神：「跟團的話只能上後面那兩個。」

岑風神情淡然把名單遞回去：「那就後兩個。」

尤桃無聲嘆了口氣，也不知道是高興還是失望，正要說什麼，看見岑風突然眉眼一凝，透過車窗看著什麼，緊接著就聽到他說：「停車。」

司機把車靠邊停了。

車子還沒開出辰星大樓，打開車門時，旁邊花壇裡的簇簇臘梅伴著冬雨冷香飄進來。尤桃眼睜睜看著自家藝人跳下車，冒雨走向不遠處一輛黃色的瑪莎拉蒂。

等等，瑪莎拉蒂？

這不是大小姐的車嗎？

車內，許摘星憤怒地看著坐在副駕駛座的周明昱：「你經紀人沒空接你，不是還有助理嗎？再不濟公司也有車，你給我下去！」

周明昱撣撣頭髮上的水，不滿道：「反正妳也要出去，載我一程怎麼了？身為老闆，能不能體恤一下員工？而且我急著回去看球賽，妳快點開車！」

許摘星恨不得兩腳把他踢下去。

她剛才不過是把車停在這裡去前檯拿了個快遞，回來就看見周明昱往她車裡鑽，扯了半天沒扯出來，衣服都被雨水打濕了，不得不上車。

等她坐上來，周明昱安全帶都繫好了。

他自從簽約辰星後，被集中培訓了三個月，上了兩個綜藝效果非常好，辰星有意把他往綜藝咖方向打造，個人行程多，許摘星也有一段時間沒見到他了。

感覺越來越不要臉了！

趕也趕不下去，她只能瞪他一眼，正準備發動車子，後排的車門突然被拉開。

伴隨著一陣臘梅冷香，有人俯身坐了進來。

許摘星和周明昱嚇了一跳，同時回頭，待看見神色淡淡的岑風時，許摘星臉上一喜還沒來得及說話，周明昱就先撲過去了：「風哥！我好想你啊！」

無奈被安全帶困住，掙扎兩下動不了，又坐回去解開安全帶，然後快速地拉開車門，坐到後排去。

許摘星：「……」

岑風見她一副無語嫌棄的表情，忍不住笑了。他一笑，她也就沒什麼好氣的了，滿臉欣喜問：「哥哥，你怎麼過來啦？」

岑風說：「看到了，你們去哪裡？」

周明昱興奮地開口：「我讓她送我回家。風哥，我們好久沒見了，我請你吃飯啊！你想吃什麼隨便點！」

許摘星忍不住說：「你不是急著回家看球賽嗎？」

周明昱：「可以看重播。」

許摘星：？

你媽的，不知道的人還以為我愛豆才是你追了幾年沒追上的人！

岑風突然說：「很久沒在家裡吃過飯了。」

周明昱拍著胸脯：「走！去我家！我煮麵給你吃！」

岑風挑了下眉：「你會嗎？」

周明昱：「我回去學！對了摘星。」他轉頭：「妳先別送我們回家了，直接去超市吧，我先買個鍋。」

許摘星：？

她不想跟他說話了，直接發動車子開了出去。

周明昱開開心心地坐在後排跟岑風聊天，車窗被雨滴覆蓋，也沒注意外面的街景，一直到車子在車庫停好，許摘星說：「下車。」

周明昱嘟囔：「不是說了先去超市嗎？」

下車才發現這地方他不熟，不是他家的車庫。

正要問，許摘星已經跳到岑風面前，眼神乖巧地問他：「哥哥，去我家可以嗎？我做飯給你吃。」

周明昱：「……」

雖然早已放棄了這段曠世奇戀，但心裡還是有點酸。

岑風點頭說好。

許摘星監督兩人把口罩戴好，才領著他們去坐電梯。

她住九樓，房間寬敞又乾淨，只是今天陰天，那扇落地窗看不出效果，往常有陽光時，非常溫暖明亮。

許摘星這幾年被尤桃照顧得廚藝有些退化了，但一想到要做飯給愛豆吃，感覺渾身都充滿了力量。

如果周明昱這個電燈泡不在的話就更好了。

電燈泡已經吵著讓她打開電視看起球賽，許摘星泡了壺果茶放在茶几上，便抱著冰箱裡的食材進廚房開始忙了。

正洗著菜，廚房門被推開，回頭一看，是愛豆走了進來。邊走邊將袖口挽上去，露出骨節分明的手腕。

神仙不沾陽春水！

許摘星趕緊說：「哥哥，你去看球賽吧，不用幫忙！」

岑風走到她身邊，接過她手上還沒削完皮的馬鈴薯：「我不喜歡看球賽。」

說話時，已經垂眸削起了馬鈴薯皮，動作行雲流水，一點也不生疏。

仙子做菜美如畫，許摘星看癡了。從美色中掙扎出來時，岑風已經把三個馬鈴薯都削完了，用水沖一下放在砧板上，順手拿起菜刀。

許摘星嚇瘋了：「哥哥！放著我來！」

怎麼能讓愛豆切菜！這是死罪啊！

岑風被她驚恐的表情逗笑了，依言放下刀：「好，妳來。」

許摘星心驚膽戰接過菜刀切馬鈴薯絲，岑風轉身又開始燒水，然後把番茄放進燒開的水裡面，完完整整褪了皮。

許摘星看他熟門熟路的模樣，心裡突然難受起來。

他一定從很小很小的時候，就開始學會自己照顧自己。他總是什麼都會，是因為經歷讓他不得不會。

那些別人口中爆料的過去，她光是看都覺得受不了，他是怎麼熬過來的啊？

她曾經墜入深淵，還能靠著他這束光堅持下來。

他那個時候，應該連光都沒有吧。

她一想到眼前這個這麼溫柔的人，曾經被逼到親手結束自己的生命，就心疼得快瘋了。

岑風剝完番茄的皮，朝後伸手：「給我一個碗。」

等了半天沒動靜，回頭一看，女孩有些走神地看著他，眼眶都紅了。

岑風愣了一下，走近兩步，用手背蹭了蹭她的額頭，低聲問：「怎麼了？」

許摘星睫毛一顫，眼淚差點落下來，忍了又忍才憋回去，努力彎起唇角跟他說：「哥哥，以後我都做飯給你吃！」

他笑了下：「好。」

她揉揉眼睛，才又轉過去繼續切馬鈴薯絲。

炒了菜煲了湯，廚房很快濃香四溢。岑風把炒好的菜端出去，再進廚房的時候看到她在煎蛋。

鍋裡放了一個心型的模具，雞蛋隨著熱油在裡面滋滋膨脹，最後變成愛心的形狀。

她灑了一點胡椒在上面，然後出鍋盛盤，雙手捧著遞到岑風面前，笑彎了眼：「哥哥，這是給你的！」

又緊張兮兮地說：「你端出去就別進來了，看好它，不要被周明昱吃了！」

岑風失笑，點頭說好。

等飯菜上桌，周明昱在飯桌坐下來，看到岑風面前那個愛心煎蛋，再看看自己這個不規則圓形蛋，果然鬧了：「為什麼我沒有？」

許摘星：「為什麼沒有你心裡沒點數嗎？」

周明昱在少偶訓練營被岑風寵慣了，頓時撒起嬌：「風哥，跟我換。」

然後就看見一向疼愛他的風哥一言不發，夾起煎蛋咬了一口，彷彿沒聽見他的話。

周明昱氣死了：「我還吃什麼飯，我狗糧都吃飽了！」

許摘星在桌下踢了他一腳：「那你別吃！本來也不是做給你吃的！」

周明昱：「許摘星，妳別忘了妳高中的黑歷史還在我手裡！」

許摘星：「你威脅我？」

岑風不得不開口阻止即將打起來的兩個人：「別鬧了，吃飯。」

於是兩個人都安靜了。

吃完飯，周明昱洗碗。

許摘星把吵吵鬧鬧的電視關了，又煮了一杯牛奶給坐在沙發上翻雜誌的愛豆，加了足足三勺糖。

開開心心遞給愛豆時，發現他喝了一口後，眉眼微微抖了一下。

許摘星：「不夠甜嗎？」

岑風：「……」

然後牛奶又被加了兩勺糖。

加完了她還皺著眉頭擔憂勸道：「哥哥，你以後還是少吃點甜食吧，過量對身體不好。」

岑風：「……」

這個誤會到底是怎麼形成的，岑風到現在都不知道。不過他也沒有解釋，只一臉認同地朝她點了下頭。

許摘星又笑起來，眼睛彎彎的，他覺得杯子裡的牛奶更甜了。

天色已經暗下來，等周明昱抱怨著洗完碗，兩人就得走了。許摘星已經提前通知尤桃和周明昱的助理過來接人。

岑風不讓她送，許摘星站在玄關處看他換鞋，乖乖地說：「哥哥，等你錄完團綜回來，我再做飯給你吃呀。」

周明昱聽到她說團綜，神色頓時有點不自然，欲蓋彌彰地瞟了岑風一眼，發現他的注意力並不在自己身上，鬆了口氣，趕緊跑出去按電梯了。

岑風換好鞋，將口罩重新戴好：「我走了。」

許摘星知道他這一走，要二十多天都見不到了，滿心不捨，但臉上還是笑吟吟的：「嗯嗯，哥哥再見。」

他察覺出她的不捨，低聲問：「還有什麼要跟我說嗎？」

許摘星又忍不住操起了媽粉的心：「照顧好自己，不要太辛苦，要按時吃飯！」

他眼角溢出一丁點笑意，伸手摸摸她的腦袋，「好，別擔心。」

許摘星揮揮小手，看著愛豆轉身要走，又急急喊了句：「哥哥，還有！」

岑風回過頭來：「還有什麼？」

她眼睛彎彎的，溫柔又明亮：「我愛你！」

岑風眸色沉了一下，半晌才低聲說：「嗯，我走了。」

許摘星乖乖朝他揮手，直到房門闔上，忍不住悵然地嘆了聲氣。這次團綜一去就是二十天，公司事情多她走不開，只能讓造型團隊另外兩個老師跟去負責。

第二天，ＩＤ團在別墅休整了一天，因為知道這次去的久，錄製期間可能手機也不能用，於是都在自拍，爭取走之前上傳九宮格福利給粉絲看。

只有岑風坐在地板上打遊戲。

八個人你幫我拍我幫你P，玩得不亦樂乎，拍好了紛紛上傳社群。

於是ＩＤ女孩們發現自家愛豆同時上線發自拍了。

等了半天什麼都沒等到的風箏：「……」

嗚嗚嗚我們太難了。

忍不住跑到跟岑風關係最好的施燃社群底下留言：『我們哥哥在做什麼啊？』

施燃居然回覆了：『你們哥哥在打遊戲。』

還偷拍一張岑風坐在地板上打遊戲的背影回覆在留言裡。

追星少女都是火眼金睛，放大圖片後很快看出來岑風玩的是《超級瑪利歐兄弟》。

嗚，雖然不發自拍的寶貝有點討厭，可是這麼專心玩《超級瑪利歐兄弟》的寶貝又好可愛啊！背影乖乖的，又帥又萌！

原來是這個小鬍子搶走了哥哥對我們的寵愛！

於是風箏們一致決定：下次活動我們集體 cos 瑪利歐！

哥哥，別玩遊戲了，玩我真人吧。

休整一天，第二天早上不到六點，吳志雲就坐著公司專用巴士來別墅接人了。

提前打過招呼，九個人只收拾了一些必要的生活用品，揹著雙肩包，沒有行李箱。

錄製地點在南方一個天氣還暖和著的城市。

到機場的時候天才微微亮，幾個人都沒睡醒，戴著帽子和口罩一路埋著頭哈欠不斷。

時間太早，又是沒有公布的私人行程，機場送機的粉絲不多，但還是有，拿著相機和手幅一路跟著跑。

另外八家的粉絲平時接送機慣了，愛豆不僅會跟她們聊幾句天，一般的禮物比如花啊、零食啊、信啊什麼的也都會收下。

只有岑風的粉絲總是保持著距離不敢過分靠近，遠遠地看著。因為少偶期間，節目組放出的宿舍生活花絮中，周明昱和施燃都曾說過，風哥不喜歡肢體接觸。

風箏們把他保護得很好。

所有會讓他難受厭惡的事情，她們都儘量克制不去做。熱愛舞臺上發光的他，保護私底下內斂的他。

從出道開始，風箏們就堅持著這個原則，每當有新粉入坑，都會被老粉耳提面命，久而久之，便成了風圈約定俗成的規矩。

過安檢的時候，前面站的都是八家的粉絲，又是揮手又是叮囑的，興奮又熱情。只有風箏們默默站在最後，目送愛豆進去。

岑風突然往後退了兩個位置，讓井向白和孟新先進去了，然後回過頭張望。

粉絲不知道他在找什麼，有點緊張又期待地看著他。

然後他的目光落在人群最後，身上有橙色應援物的風箏身上。他取下口罩，笑著朝她們揮了下手。

特別溫暖的笑容，眼睛微微彎起來，像第一次偷偷打量這個世界的小孩子，目光帶著一絲純粹的率真。

一直隱忍克制的風箏們終於爆發出一陣尖叫，開心又激動地朝他揮手。

之前不敢跟他說話，現在終於鼓起勇氣喊：「寶貝！注意身體啊！我們等你回來！」

他聽見了，朝她們點點頭。

他很少會在私下的公眾場合取下口罩，這次大大方方摘下來，帶了相機的粉絲趕緊狂拍，他不閃不躲，讓她們拍了個夠，等ＩＤ團八個人全部過了安檢，才最後一個走進去。

風箏們內心的激動久久不能平復，等他的背影消失在視線中，才終於嗷嗷又哭又笑起來。

機場圖開始占遍各大粉絲群組。

『哥哥跟我們打招呼了，還朝我們笑了！』

『他還專門回頭找了我們很久，我要溺死在他的溫柔裡了。』

『他終於回應我們了QAQ。』

『男孩子就是要追的！姐妹們加把勁啊！繼續衝呀！』

上飛機之後，睏懨懨的ＩＤ團開始補覺，等他們一覺睡醒，飛機已經在陽光明媚的城市落地了。

九個人在飛機上就把厚實的外套脫了，下飛機的時候一身夏裝輕便，補完了覺恢復精神，一路走來又開始吵吵鬧鬧，出去的時候看到外面接機的粉絲才為了維護形象安靜下來。

在一群接機的粉絲中，有幾個戴著紅帽子穿著紅T恤藍色吊帶褲的女生格外引人注目。施燃覺得有點眼熟，看了半天才反應過來是什麼，當即樂了，拍拍低著頭看手機的岑風：「隊長，你快看！」

岑風抬頭一看，待看見那幾個cos瑪利歐兄弟的女生，先是愣了一下，頓時笑起來了。他雖戴著口罩，但笑起來的時候眼睛彎彎的，幾個女生逗笑了愛豆特別開心，一路蹦蹦跳跳地朝他揮手。

岑風邊走邊抬手朝她們豎了下大拇指。

快把幾個粉絲樂瘋了。

哥哥誇我們了！

照片影片上傳社群，又是一番動盪，都在議論。

『感覺哥哥今天心情很好的樣子！一直跟我們互動！』

『預感今後活動現場將迎來大批真人版瑪利歐兄弟。』

『謝邀，已經下單了。配圖：瑪利歐兄弟cos服。』

『哈哈哈哈哈那場面太美我不敢想。』

『@瑪利歐兄弟，什麼時候給我哥結個宣傳費？』

『我哥玩什麼你們就 COS 什麼，那下次他要是玩《魂鬥羅》，難不成你們要剃個平頭染個小黃毛，穿著白背心嘴裡叼根菸，懷裡還抱一把機關槍？』

『我覺得可以。』

『那姐妹們就要警局裡見了。』

許摘星昨晚工作到淩晨，剛剛才睡醒，縮在被窩裡賴床玩手機，看到自娛自樂的粉絲差點沒被笑死，截圖下來傳訊息給愛豆。

上天摘星星給你呀：『哥哥，你可千萬別玩《魂鬥羅》啊，不然那場面太可怕啦！』

岑風出了機場，剛坐上節目組安排的車，看到她傳來的截圖，止不住笑意。

乘風：『嗯，不玩，玩了也不讓她們知道。』

上天摘星星給你呀：『可以玩玩《美少女戰士》什麼的，滿場水手月，代表月亮守護你！』

乘風：『好，回去就下載。』

許摘星回給他一個小貓比心的圖。

岑風很少用手機，幾乎所有的社交軟體他都不怎麼玩，也就沒存什麼聊天用圖。想了想，把她傳來的小貓比心下載下來，又傳給她。

許摘星樂死了。

這人怎麼這麼可愛啊！

她在被窩裡翻了個身，趴在床上，小腳腳翹起來交叉在一起，捧著手機回訊息。

上天摘星星給你呀：『哥哥，你居然明目張膽偷我的圖！』

乘風：『不可以嗎？』

上天摘星星給你呀：『可以可以，我的就是你的！我再分享幾個給你！』

她點開相簿，跳過那些搞笑梗圖，把其他的都傳了過去。

岑風的手機頓時震個不停，他眼裡有笑，一個一個長按儲存，正按著，看到她傳來一張熊貓梗圖，上面寫著「有空抽時間跟我一起上個床吧」。

岑風：「……」

下一刻，傳錯圖的許摘星飛速收回。又傳了一堆賣萌的圖片過來，企圖掩蓋剛才的手誤。

岑風一想到她現在手忙腳亂的樣子，就忍不住想笑，也沒揭穿，假裝沒看見，繼續把她傳來的可愛圖片都儲存好了。

最後許摘星還傳了一張自己的GIF動圖。

動圖裡少女綁了個丸子頭，嘟著嘴由遠及近朝鏡頭親過來，因為加快了速度，所以GIF動得很快，配字是：再說我就親你！

岑風看了好一陣子，沒有加入梗圖相簿，而是點了收藏。

巴士足足開了四個多小時，簡直比飛機還久，停下來的時候已經看不到半點鋼筋水泥城市的影子，四周崇山峻嶺，雲鳥高遠，風景十分秀美。

車子停在一座農家小院裡，ＩＤ團好久沒見過這種山林風光，興致勃勃下車。節目組的人已經到了，一人捧著一個大瓷碗吃飯，整個院子裡都是人。

吳志雲把跑到路邊看花看水的ＩＤ團叫回來：「都回來吃飯！吃完了進山！」

應栩澤大驚失色：「還要進山？不是已經在山裡了嗎？」

旁邊的工作人員說：「這才到哪呢？山腳都算不上。」

ＩＤ團：「……」

這家家境殷實的農戶是節目組提前聯絡的落腳點，夫妻倆務農，屋子後面有一片果林，煮了幾大鍋飯，還切了新鮮的水果給他們。

作為愛豆，身材管理很重要，幾個人捧著頭大的碗，但都只少少盛了一點米飯，女主人看不下去：「挺大一個男人，怎麼吃這麼點飯哦？雞都比你們吃得多。」

ＩＤ團：「……」

導演組在旁邊叮囑：「多吃點，等一下進山路遠，晚上可就沒得吃了。」

幾個人一聽，這才趕緊加飯。

柴火飯入味更香，平時減少碳水攝入的大男孩們這次吃得夠飽，吃完了又坐上巴士，繼續進山。

山裡路不好走，一路顛簸，好幾個人差點被顛吐了，又開了快一個小時才停下來。這下子是真的連半戶人家都看不見了。

下車之後，跟著工作人員穿過樹林，來到一片平坦處，提前到來的節目組已經架好了機器，等他們一到，就正式開機了，

總導演坐在小板凳上，拿了個大聲公：「來，都站好。」

九個人按照平時的站位，分成兩排站好。

總導演說：「歡迎大家來到《穿越五千年》，從你們踏進這座深山的那一刻，你們的穿越旅途也就開始了。現在，先去後面換衣服，換好衣服，我來宣布規則。」

攝製組背後是一個大帳篷，九個人都還沒拿到臺本，對於接下來的錄製內容一概不知，聽說還要換衣服，頓時有一種不好的預感。

一進帳篷，幾個男助理已經拿著衣服等在裡面了。

九個人一看，居然全是獸皮草裙。

應栩澤頓時大叫：「我不穿這個！這也太難看了！」

副導演在旁邊監督：「由不得你，趕緊換。」

在幾個男助理的「幫助」下，九個人身上的夏裝都被扒了，只剩下一件內褲，然後被迫裹上獸皮草裙。

幾個人一開始還極力反抗，等最後大家都換好了，你看看我我看看你，突然覺得還挺新潮的。

就算成為原始人，也是最帥的原始人！

特別是岑風，獸皮一上身，顏值不僅沒有崩壞，反而多出一種不羈的野性。而且他平時穿得嚴嚴實實，連手臂都不怎麼露，換上獸皮衣，兩個膀子都露出來，線條勻稱漂亮，腳踝性感，小腿修長，肌肉緊實。一出帳篷，女生看得臉紅心跳，男生看得羨慕連連。

帥氣時尚的ＩＤ團秒變粗狂原始人，幾個人互相嘲笑，你戳我一下你扯我一下，在導演組的要求下做了一個跳起的動作。

這是為了後製做準備，幾個人跳完了非常有戲的表示驚訝：「天啊！我們怎麼變成這樣啦？這是哪裡？」

總導演拿起大聲公，繼續道：「少年們，你們好，很抱歉地告訴你們，由於時空管理局的失誤，你們被誤傳到了五千年前的原始部落。」

戲精ＩＤ團：「天啊！怎麼會這樣！那現在怎麼辦？」

總導演：「時空管理局已經陷入一片混亂，自身難保，現在只能靠你們自己尋找回到現代的辦法。接下來的二十天，你們將深陷歷史長河的旋渦之中，沒有任何人可以幫助你們。一切吃穿住行甚至生命安全，都只能靠你們自己，請大家務必小心。」

ＩＤ團只知道團綜要錄二十天，是個戶外真人秀，其他的內容一概不知，現在一聽規則，都不用演了，真實的震驚加恐慌。

荒郊野外二十天，吃穿住行全靠自己？

這還不算完。

導演繼續道：「你們必須在二十天內想辦法回到現代，因為在你們所處的時空，將於月底參加電視臺跨年晚會，如果回不去，跨年行程將被取消。」

ＩＤ團：「什麼？」

錄個綜藝還有代價？

要知道，他們是一年限定團，只有這一次參加跨年晚會的機會。這次錯過，明年夏天他們就解散了，這輩子都不可能再合體跨年了！

應栩澤忍不住問：「你們開玩笑的吧？跨年行程已經確定了啊。」

還是隊長捨棄個人上熱門電視臺的機會，跟他們一起去普通電視臺呢！雖然只是普通電視臺，可那是面向全國觀眾，他們首個上電視臺的舞臺呢！

總導演非常和善地笑了一下：「你看我們像開玩笑的樣子嗎？你們團的替補名單公司已經交過去了，對方也同意了，接下來，就看你們能不能把握住這次機會了。」

ＩＤ團：！！！

太過分了吧！！！

總導演繼續道：「這二十天，你們每個人只有一次向時空旅人求助的機會，用過即作廢。如果違反時空規則，干擾了時空穩定，時空隧道將會直接坍塌，你們同樣會失去跨年晚會資格。」

也就是說必須按照節目的要求來唄。

幾個人都蔫了，扯著身上的獸皮不想說話。

二十天啊！餐風宿露，怎麼過啊！

工作人員把他們的背包提了過來：「現在，你們每個人可以選五件物品帶在身上，跟隨你們一起完成穿越之旅，給你們五分鐘時間。」

九個人趕緊把握住機會，湊在一起商量。

洗漱用具每個人是一定要帶的，不然二十天不刷牙，張嘴是想臭死誰。

每個人帶一根牙刷，一包換洗的內褲，一包換洗的襪子，就只剩下兩樣選擇權了。

牙膏、洗面乳可以共用，由應栩澤負責。精緻的愛豆男孩需要上鏡，偶像包袱丟不開，不能少了護膚水和粉底液，由邊奇負責。

野外生存需要火和光，打火機和手電筒由伏興言負責。

井向白之前帶了個小藥箱，雖然裡面感冒藥、止痛藥、ＯＫ繃都有，但節目組也沒刻意為難，算作一樣，讓他帶上了，另一樣他選擇了水杯。

施燃今天在農戶切水果的時候順手把水果刀放包裡了，此時剛好派上用場。他是招蚊子體質，包裡常備防蚊液，也算一樣。

岑風問導演：「現場所有的東西都可以選嗎？」

他們之前根本不知道還要野外求生，帶的東西不齊全，背包裡都是些小東小西。節目組倒是很好說話，點頭說：「可以。」

然後岑風就領著ＩＤ團去把剛才換衣服的帳篷拆了。

導演組：「……」

失算了！

拆了帳篷，又順了裡面的防潮墊、氣墊床和不知道誰掛在裡面的雨衣。這四樣就由孟新和蒼子明背著了。

何斯年聽隊長的話，去找工作人員要了一捲繩子，借了一支手錶。

岑風最後選擇了食物和水。

全部選擇完畢，節目組一人發了一個麻袋，可以斜掛在胸前的那種。把東西裝好後，多餘的工作人員全部撤了，剩下九個穿著獸皮掛著麻袋的原始人在原地面面相覷。

伏興言問導演組：「規則是什麼？任務是什麼？去哪找回到現代的辦法？」

導演組一臉冷漠，滿臉寫著：你們自己看著辦。

經歷一天的飛行和旅途，遠處清澈的天空已經漸漸被落日染上了餘暉。不出意外，他們今天就要在這荒涼的大山裡過夜了。

這還真是出生以來頭一遭。

何斯年膽子小，瑟瑟發抖地問：「山裡會不會有蛇和狼啊？」

肯定是有。

不過節目組既然還在這，應該已經清過場。

岑風觀察半天，指了指不遠處那條有很多腳印的黃泥巴路：「走那條路的人比較多，順著那條路去看看吧。」

於是九個人揹好麻袋，正式開始他們的穿越之旅。

岑風的思考方式是正確的，這條路上腳印那麼多，在這杳無人煙的深山裡，只可能是節目組來來回回走過。

順著這條路走了大概二十分鐘，就看見了一條潺潺溪流。溪流兩邊都是在陽光下閃閃發光的鵝卵石灘，不遠處有一個洞。

幾個人歡呼了一聲：「有山洞！」

不僅有山洞，洞口還有燒過的炭堆，足以證明這裡可以住人。

時間已經不早，趁著天還沒黑，ＩＤ團先在洞內搭帳篷，岑風又讓井向白和伏興言去周邊撿乾燥的木柴回來，晚上要生火取暖。

洞內其實有稻草，是節目組準備給他們睡覺用的。但是現在有了帳篷，他們把稻草抱進來墊在最下面，鋪上防潮墊，又放上氣墊床，防潮防蟲防冷風，非常舒適。

ＩＤ團大部分都是富裕出生，再不濟也是小康家庭，很少有過這種野外露營的經歷，而且還是九個人一起，都覺得驚奇又好玩。

再加上岑風鎮定自若指揮有方，大家聽隊長的話各自分工，完全沒有被環境為難，蒼子明和邊奇還在小溪裡捉起了魚。

節目組想像中九人愁眉苦臉無法自理的情況完全沒有出現，有點自閉。

井向白和伏興言沒多久就撿了一大堆乾柴回來，途中經過一顆結滿了果子的果樹，也不知道能不能吃，爬上去摘了不少，用獸皮兜著抱了回來。

遠遠的就喊岑風：「隊長，我們摘了好多野果子！」

他們的食物比較少，一聽有果子，都圍過來。

井向白兜著的果子黃橙橙的，跟小孩的拳頭差不多大，呈不規則的圓形，看起來醜醜的平時沒見過。

何斯年說：「還是別吃了，萬一中毒了怎麼辦？」

話剛落，就見岑風拿起一顆果子剝開皮，咬了一口。

大家大驚失色：「隊長！」

岑風面不改色：「這是竹節子，可以吃。」

大家一聽，都拿了一個剝開皮吃，「好甜啊！像桔子。」

一人吃了一個，井向白把剩下的放回山洞，又撒歡一樣跑了：「我去把那棵樹上的都摘了！」

導演組：「……」

得，還吃上水果了。

等岑風和何斯年架著乾柴生了火之後，蒼子明和邊奇連魚也抓到了。兩個人一人捧著一條活蹦亂跳的魚，興奮得像個兩百斤的胖子：「隊長！有烤魚吃了！」

導演組：「……」

於是穿越的第一天，ＩＤ團度過了非常愉快的野炊露營夜。

帳篷不算大，但九個人稍微擠一擠也可以睡，總比睡山洞和乾草舒服。洞口架著兩堆火，燃得非常旺，南方的夜晚溫度並不低，又有帳篷，大家都不覺得冷。

施燃還在帳篷四周噴了防蚊液，九個人擠在一起，嘻嘻哈哈聊天唱歌，快到十二點才各自睡了。

勞累了一天，很快就睡著了。

直到洞口的篝火漸漸熄滅，天空灑下一抹光，岑風最先醒過來，拿過手錶看了看，清晨六點半。

山洞外也搭了幾頂帳篷，是工作人員住的，已經開始收拾洗漱。見岑風起來了，攝製組加快動作，很快架起機器開始新一天的拍攝。

何斯年又用他軟軟的氣音在帳篷裡充當鬧鐘：「起床啦起床啦，隊長都起來啦。」

施燃痛苦地捂住耳朵，彷彿回到了三〇二宿舍被何斯年每天搖醒的噩夢中。

最後九個人穿著獸皮裙，拿著牙刷，蹲成一排在溪水邊刷牙，場面非常壯觀。

這溪水從山澗流下來，還帶著絲清甜，都成野人了，自然也不能在這方面瞎講究。用溪水刷了牙，又回去吃了點水果和昨天岑風抱的那箱壓縮餅乾當早餐。

眼下的境地比他們之前想像的要樂觀得多，風餐露宿的情況沒有出現，反倒找到了一種回歸山林的原始樂趣。

大家都不慌了，在洞口坐成一圈，商量接下來該怎麼辦。

岑風看了看箱子裡的壓縮餅乾和礦泉水，緩聲道：「接下來不知道還要在這裡待幾天，不能一直吃餅乾。子明和邊奇繼續去抓魚吧，其他人跟我去附近轉一轉，看能不能找到其他食物和線索。」

大家聽隊長的話，沒什麼意見。

於是分頭行動，六個人還在路上撿了一些粗壯的棍子木條用來防身探路。節目組讓他們自己找尋回到現代的線索，周圍肯定會有布置，幾個人就當遊山玩水，一路打打跳跳的，還嗷嗷學猿人叫，時而驚起一片鳥雀。

途中他們遇到了一隻慢悠悠啃草的兔子，於是六個人追了半小時的兔子，最後被兔子溜進一個洞裡，空手而歸。

然後又遇到一隻野雞，這雞可不像兔子那麼好欺負，撲棱著翅膀就朝他們衝過來了，一群大老爺們被一隻野雞嚇得放聲尖叫，最後還是岑風飛起一棒把撲近的野雞掄飛。

然後野雞就被他打暈過去，躺在地上彈了兩下，不動了。

六個人：「……」

隊長厲害！

隊長棒球一定打得很棒！

何斯年剛好帶著繩子，六個人趕緊用繩子雞綁。生怕這雞醒過來又啄他們，綁得特別緊，爪爪朝上綁在長棍子上，雞倒吊著，被伏興言和施燃一頭一尾挑在肩上。

一群穿獸皮的野人挑著一隻野雞，畫面非常和諧。

也不知道走了多遠，穿過一片樹林的時候，突然聽見不遠處傳來簌簌的聲響。

樹林裡到處都是灌木叢，枝繁葉茂，視線受阻，何斯年嚇得立刻竄到岑風身邊：「是不是有野獸？」

簌簌聲越來越密，像是灌木叢後有什麼東西朝他們衝了過來。

六個人頓時有點慌，「隊長！跑不跑啊？」

岑風倒是面不改色，淡聲道：「不跑。」

他說不跑，六個人自然也就聽話，握緊手上的木棍站成一排，警惕地看著對面。

沒多久，只聽嘩啦一聲，一群同樣穿著獸皮披頭散髮的野人從灌木叢後衝了出來。

他們比ＩＤ團打扮得更像野人，臉上還畫著幾道顏料，頭上插著羽毛，手裡拿著鐵器弓箭，嘴裡「謔謔謔」地叫著，一看就比他們正宗。

施燃嚇得直接罵髒話：「我靠？這是真的還是群演？」

伏興言白了他一眼：「腦袋不用可以割掉。」

等對面那波野人全部衝出來，ＩＤ團才發現對面也有兩個人像他們用一根長棍挑著食物。只不過他們這邊挑的是隻野雞，對面挑的是個人。

那人身上套著一件麻袋，雙手雙腳被綁在棍子上倒掉在半空。

何斯年歪著腦袋看了半天，嘀咕：「怎麼看起來有點眼熟？」

然後七個人聽見對面傳來撕心裂肺的喊聲：「救命啊！風哥救我啊！」

我靠？

幾個人同時出聲：「周明昱？」

那頭興奮大喊：「是我是我就是我！驚不驚喜！意不意外！朋友們！兄弟們！原諒我以這樣的方式和你們見面！快！什麼都別說了！快救我！他們要把我抓回去煮來吃！」

發現是他，幾個人差點沒笑暈過去。

連岑風都忍不住捂臉笑了。

周明昱著急道：「別笑了啊！先救我啊！我手腳都要斷了！」

何斯年笑著往前跑：「好好好，來了。」

結果剛跑了兩步，對面的野人突然發出「喝喝」的威脅聲，抬起手裡的武器對準了他。

何斯年直接被嚇回去了，大喊：「他們不讓我靠近！」

周明昱說：「廢話！他們以為你們要搶獵物！想辦法啊！動腦子啊！」

幾個人相視一番，應栩澤幸災樂禍道：「沒辦法，他們人多還有武器，打也打不過，還是算了吧，別把我們自己搭進去。走了走了。」

施燃也附和：「對，走吧，別救了。」

岑風：「走吧。」

於是他們真的掉頭就走。

周明昱頓時氣急敗壞：「風哥！岑風！應栩澤！三〇二你們沒有良心啊啊啊！那些年的情愛與時光終究是錯付了！」

喊了半天，發現他們沒有停下來的跡象，終於大喊道：「別走啊！我知道回現代的方法！線索在我身上！」

幾個人這才停下來，應栩澤一副看透他的表情：「不早說。」

周明昱痛哭流涕：「快點救我，我真的快斷了！」

發現他們回來，野人團又發出威脅的聲音。施燃數了一下，對方有八個人，低聲問岑風：「正面上嗎？」

岑風想了想，轉頭說：「把野雞放下來。」

兩人趕緊把挑著的野雞放在地上。走了這麼一段路，野雞早就醒了，只不過被綁著，咯咯叫了一路。

岑風讓他們按住野雞，先把繩子解了，然後摸了摸牠的頭，幫雞順了順毛，安撫兩下。

握著棍子擋在前面四個人緊張道：「隊長！他們朝我們過來了！」

岑風回頭看了一下，那幾個野人弓著身子，正慢慢朝他們靠近。雖然知道是群演，但情景之下，大家還是有點緊張。

岑風說了句「準備」，然後抱起野雞朝他們扔了過去。

那野雞被綁了一路，也是個火爆的性子，簡直就是野雞界的張飛，見誰啄誰，一邊叫一邊撲棱著翅膀，揚起滿地落葉塵土，場面別提有多壯觀了。

ＩＤ團趁亂衝過去，搶武器的搶武器，救人的救人。群演也是人啊！這野雞看上去這麼兇悍，他們也怕啊！

等他們制伏野雞，ＩＤ團已經拖著周明昱，搶走他們的武器跑沒影了。

第四章　野人風颪

他們跑得快，把後面的跟拍攝影累慘了。等跑出樹林下了山，幾個人才終於心有餘悸地停下來。

大家你看看我我看看你，笑得東倒西歪。

笑完了集體揍周明昱：「你怎麼也來了？」

周明昱被綁了那麼久，手腕都紅了，一邊揉一邊背臺本：「唉，實不相瞞，其實我就是時空管理局的人。」

施燃朝他屁股踢了一腳：「就是你把我們搞到這個地方來的？」

周明昱一本正經：「科學研究嘛，總是要付出點代價的！為科學獻身你們應該感到榮幸！何況我不是來救你們了嗎？」

岑風不想聽他說廢話：「直接說，怎麼回去？」

周明昱清清嗓子，一臉高深莫測的表情：「你們會被傳送到這裡，是因為時空隧道在運行的過程中能量耗盡，只要我們找到能量石，就可以重新啟動時空隧道，穿越時空回到未來！」

應栩澤：「那能量石去哪找？」

周明昱朝他拋了個媚眼：「這就問對人了。其實我比你們還早來幾天，已經在這片原始森林中暗查了很久，憑藉我過人的聰明才智，發現能量石就藏在山對面的那個食肉部落裡！」

何斯年一聽這名字就怕：「食肉部落？」

周明昱：「食肉又不是食人，你怕什麼？他們這個部落，非肉不食，我們如果想得到能量石，就必須用肉食去換！」

施燃：「人肉也是肉，拿你換也可以吧？」

周明昱：「沒有我，你們是無法啟動時空隧道的！我勸你不要打我的主意！」

施燃好遺憾：「哦，好吧。那我們現在回去，還能抓到那隻野雞嗎？」

不敢回去了，萬一又遇到剛才的野人怎麼辦。走了一上午大家都有點餓了，於是決定先回山洞。

看到周明昱，留下來抓魚的蒼子明和邊奇驚呆了：「你怎麼也來了？」

於是周明昱又搖頭晃腦背了一次臺詞。

他作為神祕嘉賓，也就是這個節目裡的NPC，早就拿到了臺本，那天去許摘星家裡吃飯，聽到岑風說起團綜，生怕被他察覺自己也要來。

在山洞晃了一圈，羨慕道：「你們居然還有帳篷睡。」

幾個人一人吃了一袋餅乾和幾個山竹子墊肚子，用石頭壘起來的石圈中已經有四條魚了，周明昱興奮道：「我要吃烤魚！」

施燃罵他：「你吃個屁！我們馬上就要斷水絕糧了！」

畢竟他們的食物只有一箱礦泉水和一箱壓縮餅乾，總不能頓頓吃烤魚。

岑風剝了一個山竹子給周明昱，沉思道：「剛才能遇到兔子和野雞，這附近的獵物應該不少。不管是我們自己吃還是拿去跟部落交換能量石，都很需要。」

他轉頭問周明昱：「周圍還有其他部落嗎？可以用水果和其他東西換食物嗎？」

節目組當然不可能讓他們被餓死，必然安排了獲取食物的辦法。

周明昱嘿嘿笑：「有啊！我帶你們去！」

於是岑風讓抓魚的兩個人繼續抓，又讓膽子比較大的井向白和伏興言帶著細心的何斯年去附近找找，看能不能抓到獵物。

然後用繩子串了兩條石圈裡的魚，把剩下的山竹子兜起來，又拿了幾塊壓縮餅乾，帶著周明昱和應栩澤去找部落交換食物。

另一個部落就在溪水下游，三個人沿著小溪走，應栩澤邊走還在地上撿看上去瑩潤光滑的鵝卵石，走了十多分鐘就看見幾座茅草房。

節目組場景搭得逼真，真的有種小部落的感覺。

三人一走近，立刻有男野人拿著武器衝過來，應栩澤趕緊喊：「我們是來交換食物的！」

幾個小野人跑過來，圍著他們跑圈圈，還伸手戳岑風拎著的魚。

最後他們用兩條魚和一堆山竹子換到了一大塊熟牛肉，一份炒青菜和十塊烙餅。

本來是換不到十塊餅的，應栩澤拿著他一路撿的鵝卵石，哄換餅的大嬸說那是他家祖傳的夜明珠，大概是美色起了作用，大嬸居然真的跟他換了。

三人大豐收，回到山洞的時候，打獵小隊還沒回來。另外四個人在溪水裡抓魚抓得好不開心，這山泉溫暖又清澈，野生魚也多。

周明昱愉快地加入他們，岑風又和應栩澤去周圍找野果子樹。

於是這一天拍攝的都是ＩＤ團化身野人，打獵捕食。

等太陽下山的時候，打獵小隊才興高采烈地回來，他們趕回來一隻羊，還在一間破敗的茅草屋裡發現一窩雞蛋！

雖然知道是節目組放的，但大家還是很高興。

十個人圍著篝火坐在洞口，用烙餅捲牛肉吃，施燃還偷偷摸摸掏出幾包泡麵的調味料，那是他在別墅的時候放進去的，節目組也沒發現。

現在把調味料灑在烤魚上，那味道簡直絕了。

大家吃飽喝足，半癱在地上看星星。山裡的天空清澈明亮，星光漫布，特別漂亮。久經城市喧囂，偶爾能在這樣寧靜清幽的山裡看星星，不失為一種享受。

周明昱突然說：「我們來玩天黑請閉眼吧！」

深山老林，殺人遊戲，要多刺激有多刺激。

ＩＤ團找節目組借了一副撲克牌，開始抽身分。

周明昱第一局抽到警察，還沒來得及興奮，第一夜就被殺了。

第二局抽到狼人，第一輪的時候被滿票投出去。

第三局抽到平民，又是第一個被刀。

憨憨怒而摔牌：「我不玩了！你們ＩＤ團排外！」

大家笑成一團。

多了一個人，帳篷有點睡不下，大家一致建議把周明昱吊在洞口的樹上。團欺哼哼唧唧爬進帳篷，死活不肯出來了。

最後岑風把乾草鋪在篝火旁，又把帳篷底下的防潮墊抽出來放在乾草上，跟他們說：「我睡外面，守夜。」

大家都不幹了，要求一人一小時輪守，被岑風按了回去：「一人輪一小時乾脆不要睡了。行了，都睡好。」

大家感動地看著隊長，感動完了，把周明昱身上的麻裙扒下來，給隊長當被子。光著身子只穿了件短褲的周明昱咬著手指哭著罵他們是禽獸。

一群人鬧到半夜，才漸漸安靜了。岑風身上蓋著ＩＤ團從身上脫下來的獸皮，旁邊還燃著火，倒也不冷。

他躺在防潮墊上，以手枕頭看著洞外天空閃爍的星星，突然就想起女孩的ＩＤ。

上天摘星星給你呀。

真是個浪漫的名字。

他看著星星漸漸睡著，日有所思夜有所夢，還真的夢見許摘星。夢裡她穿著白色的小裙子，像個小仙女一樣從天上飛下來。

他生怕她摔下來了，伸出手想抱她，但是她開開心心地降落在他面前，手裡還捧著一顆發著光的星星，溫柔地說：「哥哥，送給你呀。」

他在夢裡忍不住笑了。

正要伸手去接，不知哪裡傳來砰砰兩聲巨響，眼前甜美的少女一下子消失不見，岑風猛然睜開眼，看見洞口有兩個鬼鬼祟祟的身影正在偷他們的羊，結果不小心撞倒了圈魚的石圈，石頭滾了一地，將他驚醒。

岑風一掃，看見不遠處攝影機還拍著，就知道是節目組的安排。

那兩個小偷見他醒了，一人拽著羊，一人抱著魚，拔腿就跑。

岑風厲喝一聲：「有小偷！」

翻身就追了上去。

帳篷裡一陣兵荒馬亂，傳出何斯年的尖叫：「快起來！我們的羊被偷了！」

應栩澤和施燃幾個人睡之前把身上的獸皮衣脫下來給岑風當被子，現在慌亂之中從帳篷裡衝出來，全部光著上半身。

這也就算了，周明昱只穿了件四角褲，他又高又白，衝進夜色時白花花的身子格外顯眼，簡直像在裸奔。

於是夜晚的深山被幾道光著身子狂奔的身影打破了寧靜。

岑風最先追上那個偷羊的，因為他牽著羊跑不快，被岑風一把拎住後領，按在地上。

群演「哎喲」一聲：「疼疼疼！」

他被岑風滿臉冷怒嚇到了，心裡嘀咕，不就是偷個羊嗎，都是節目組安排的，你幹什麼這麼入戲啊！

岑風把他按在地上，眼見應栩澤他們追了上來，又繼續去追前面那個偷魚的。

他天天訓練體力好，群演自然比不上，很快又被追上了，以同樣的方式被岑風按在地上。

群演趕緊求饒：「還你還你還你！」

最後兩個人被追上來的ＩＤ團押回山洞。

好好睡個覺，還被節目組搞事，一群人跑得氣喘吁吁，都罵節目組不幹人事。特別是岑風，錄節目以來就沒見他臉色這麼難看過。

節目組也是一頭霧水，不就是安排一個小插曲，怎麼這麼生氣啊？

他們當然不知道這個小插曲驚了對方什麼樣的好夢。

他差一點就拿到小星星了！

幾個人把衣服穿好，用繩子把那兩小偷捆起來，圍在中間怒問：「你們是哪個部落的？為什麼要偷我們的東西？」

兩名野人瑟瑟發抖：「我們只是太餓了，饒了我們吧。」

岑風冷聲說：「明天把他們送到食肉部落換能量石。」

兩個人哇一聲哭了。

應栩澤用手裡的小木條敲了敲地面：「別嚎了！不想被送去食肉部落，就用其他的肉食來換！」

其中一個趕緊說：「有的有的！我們知道一個兔子窩！有特別鮮肥的兔子！明天天亮了帶你們去！」

大家商量一下，覺得這個主意不錯，重新把兩個人綁了一下，繩子的一頭繫在他們手上，另一頭繫在ＩＤ團的腳上，以防止他們溜走。

然後才打著哈欠繼續睡覺。

節目組關了機器後，還重新拿了兩個氣墊床過來，讓群演可以在外面好好休息一晚。想到岑風今晚冷颼颼的臉色，也開小灶送了一個給他。

不過第二天節目開拍前就取走了。

等第二日早上大家睡眼惺忪地起床，一切恢復如常。重新把小偷綁好了，十個人又在溪邊蹲成一排刷牙洗臉。

周明昱作為NPC當然什麼都有，大家爭先恐後塗了他帶的護膚精華，還擦了點防曬霜。

壓縮餅乾快吃完了，昨晚的烙餅還剩一點，大家將就當做早餐吃了，施燃摸著肚子說：「我們要快點離開這裡，再不吃點蔬菜，我就要便秘了。」

大家各自收拾好東西，掛著麻袋，拎著這兩天他們打來的獵物，跟著小偷去找兔子窩。

其實兔子也是節目組事先準備的。

一見有人來，兔子就鑽進洞裡。

ID團把小偷綁在樹上，開始想辦法抓兔子。

先是用打火機點了一堆乾草在洞口燻，想把兔子燻出來，結果沒想到狡兔三窟，另外一邊居然還有個洞口，兩隻肥溜溜的兔子爭相恐後從另一頭跑出來。

還好岑風安排了何斯年放哨，一看見頓時大喊：「那邊！兔子跑到那邊！」

九個人圍成一圈趴在地上翹著屁股準備抓兔子呢，一聽在那頭，忙不迭爬起來追。兔子多靈活啊，哪能被他們追上，轉眼就跑不見了。

九個人被剛才的柴火燻得灰頭土臉，還什麼都沒抓到，轉頭陰森森看著綁在樹上的小偷。

群演：「……」

雖然知道你們都是偶像，可是現在這模樣好像真的野人啊！好怕怕，趕緊大喊：「還有還有！我們還知道有一個野豬窩！」

野豬當然也是節目組準備的。

其實就是家養的黑豬，而且還很小，體型差不多只有三、四歲的孩童大。豬比兔子好抓多了，一開始ＩＤ團還有點怕，雖然比兔子好抓，但是比兔子可怕啊！

群演在後面提醒：「趁著母豬不在家，還不趕緊動手！等一下母豬回來了可就澈底沒機會了！」

十個人對視一番，視死如歸地走了過去。

又是一番雞飛狗跳。

最終成功抓到一隻小黑豬，大家把綁小偷的繩子取下來用來綁野豬。羊可以趕著走，豬就不行了，只能綁住牠四個蹄子，然後用長木棍倒吊起來，像上次挑野雞那樣，由伏興言和應栩澤挑著。

周明昱：「……」

總感覺你們在偷偷羞辱我。

抓到野豬，小偷也放走了，大家清點一下現在的獵物，又有羊又有蛋又有魚又有豬，覺得去食肉部落換能量石應該沒問題了。

於是由周明昱帶路出發，一行人挑著獵物穿行在山間樹林，還真的有種原始部落遷徙的錯覺。

如果施燃和井向白沒有在前面一個唱 rap 一個跳街舞的話，就更像了。

翻山越嶺一個小時，直到午後他們才翻過山頭，來到了目的地。

這個部落搭建在一片湖邊，四處平地，遠遠就看見矗立的茅草房和帳篷，比昨天岑風去換食物的地方要大得多，一看就是大部落！

何斯年下意識又問了周明昱一句：「你確定他們不吃人？」

結果昨天還信誓旦旦的周明昱：「我不知道啊。」

ID團：？

施燃快氣死了：「反正他們如果要吃人，就把你送給他們！」

岑風腳步頓了頓，突然開口：「先別過去。」

幾個人停下來看著他，他觀察一下四周環境，左手邊有個小土坡，率先走過去：「到這來。」

隊長說什麼就是什麼，紛紛改道爬到土坡後面去。

岑風道：「以防萬一，不能全折進去。你們在這等著，我和周明昱過去，如果我們沒有平安出來，你們再想辦法。」

大家一聽，覺得還是隊長謹慎。

於是把獵物收一收，都交給隊長。

最後岑風和周明昱挑著小黑豬，牽著羊，一人抱著蛋，一人抱著魚，朝不遠處的大部落走過去。

見有人過來，裡面的野人立刻拿起武器虎視眈眈走了過來，周明昱趕緊大喊：「我們是來做交易的！」

喊了好幾遍，那些人才把武器收了，等他們走近，野人後面走出一個滿頭插著羽毛的首領，笑吟吟迎過來：「喔，我遠道而來的客人，快請進。」

周明昱已經發現能量石了，其實就是小孩子玩的那種玉白色的彈珠，浸泡在院中的石頭壘起的小水潭裡。他悄悄指給岑風看。

岑風掃了一眼，心中明瞭，跟首領說：「我們想用這些肉食跟你換一些無用的石頭。」

首領開心地走過來摸摸豬，又摸摸羊：「可以！可以！走走走，我們進去談。」

然後兩個人就被請進去了。

藏在遠處小土坡後面的ＩＤ團看著隊長進去了，心想，應該是成了吧？

結果在外面等了一個小時，都不見兩人出來。

應栩澤心一沉：「壞了！」他跟施燃說：「我們過去看看，隊長怕是被抓了。」

兩個人貓著身子往前走，但這部落所在四處平坦，除了那小土坡也沒有隱蔽的地方，兩人還沒靠近就被拿著武器的野人抓了，然後押進領地，將他們關進一間屋子裡。

進屋一看，岑風和周明昱也在。

四個人大眼對小眼，岑風面無表情轉過頭去，施燃和應栩澤大叫一聲衝過來開始暴揍周明昱。

揍完了，應栩澤才問：「隊長，怎麼回事啊？他們為什麼要抓我們？」

岑風冷冷吐出一句：「因為我們也是食物。」

施燃：「……」

他走到岑風身邊坐下，「那現在怎麼辦？外面好多看守的，跑也跑不掉。」

周明昱抱著腦袋生怕又挨打：「不慌不慌，我們還有人呢！他們肯定會想辦法救我們的！」

結果ＩＤ團充分展示了他們的智商，在接下來的兩個小時內，向大家表演了怎麼接二連三花式被抓最後全軍覆沒。

等到最後何斯年和邊奇被野人推進來時，岑風終於忍無可忍，罵他們：「你們葫蘆娃救爺爺呢？一個接一個的送？」

ＩＤ團：「……」

嚶。

全團智商下線。

隊長線上暴躁。

小屋子關了十個人，還有站在角落默不作聲的攝影老師，頓時有點擠。

ＩＤ團到齊了，又把周明昱按在牆角揍了一頓。

最後團欺躲到岑風身後委屈兮兮地說：「我的臺本上也沒寫這些，我真的不知道啊！」

正鬧著，房門打開，有幾個野人端著盤子走進來。盤子裡都是飯菜，比他們這兩天吃的豐盛得多，有菜有肉有湯。

大家走了一天確實都很餓了，看到有飯菜，頓時喜上眉梢，放過周明昱吃飯去了。

結果那野人走之前聲音粗狂地對他們說了句：「多吃點，吃胖點，一天宰一個，剛好夠！」

ＩＤ團：「……」

嗚嗚嗚碗裡的飯突然不香了。

等大家吃飽喝足，十個人坐在鋪在地面的乾草上，背靠牆壁，蓬頭垢面灰頭土臉，身上的獸皮東一塊西一塊，每個人都髒兮兮的。配上一臉生無可戀，此情此景，只有一首歌可以形容。

鐵門啊鐵窗啊鐵鎖鏈，我含淚望著窗外。

導演組在大本營看著機器傳回來的畫面直接噴水了。

慘還是ＩＤ團慘。

飯後呆滯了一陣子，應栩澤有氣無力問岑風：「隊長，接下來怎麼辦啊？」

跑是跑不掉了，門雖然沒上鎖，但外面全是拿著武器站崗放哨的野人。他們要遵循節目組的規則，就不能硬來。

岑風按了下眉心，疲憊道：「求助時空旅人吧。」

導演組之前說過，在錄製過程中他們每個人有且僅有一次求助時空旅人的機會。現在不用，更待何時？

應栩澤雙眼一亮，立刻舉手：「我申請求助時空旅人！」

導演組拿著對講機吩咐：「交給他。」

一部手機從窗外飛了進來。

幾個人「哇哦」了一聲，趕緊跑過去接住。拿到手機大家很興奮，手機沒有鎖，按開畫面之後，通訊錄有一個號碼，備註是「時空旅人」。

應栩澤撥過去，按了擴音，一群人圍成一圈緊張又興奮地盯著手機。

只聽電話嘟嘟兩聲，通了之後，傳出冷冰冰的系統聲音：『你好，歡迎致電時空管理局。目前人工客服繁忙，繼續等待請按一，轉接自助服務請按二。』

大家都說：「按一按一，找客服！」

應栩澤按了一下。

對面：『目前人工客服繁忙，為了減少你的等待時間，建議進入自助服務系統。繼續等待請按一，轉接自助服務請按二。』

應栩澤連著按了好幾次一，最後怒了，轉按二。

聽筒：『你好，歡迎使用時空管理局自助服務系統。很抱歉的通知你，目前管理局系統遭到損壞，正在搶修中，暫時無法使用自助服務，轉接人工客服請按一。』

ＩＤ團：？？？

你媽啊！

總導演端著一碗泡麵翹著二郎腿坐在機器前，得意洋洋：「這個部落景我們搭了那麼久，哪能這麼容易就讓你們溜了呢。」

此時已經臨近傍晚，手機被闖進來的野人搶走了，應栩澤憤怒地對著鏡頭大喊：「那我這次機會也不算用過了！」

喊完了又委屈兮兮地蹲到岑風身邊：「風哥，怎麼辦啊？」

岑風抄著手閉目養神：「等著吧。」

他不管在哪裡，哪怕穿著一身獸皮，身處囚籠，身上總有一股處變不驚波瀾不興的淡漠氣質。大家看隊長這麼佛系，也就不著急了，坐下來沒多久又嘻嘻哈哈地鬧開了。

施燃自娛自樂：「這挺好的，吃得睡得都比我們之前好多了。」

等天色暗下來，外面燃起了巨大的篝火，映紅了整個營地，幾十個野人圍著篝火跳舞，好不熱鬧。

十個人被押到了空地上，野人首領說他喜歡看跳舞，誰跳得最難看，明天就先吃誰。周明昱哇一聲哭了：「那肯定吃我了。」

首領旁邊那狗腿子拿著皮鞭凶他們：「都站好！快點！沒聽到我們首領說想看跳舞嗎？跳！」

ＩＤ團默默站好，加上一個周明昱，就只能跳少偶的主題曲〈Sun And Young〉。沒有 bgm，大家邊唱邊跳，周明昱好歹還沒忘了動作，勉勉強強能跟上。跳完一遍，坐在虎皮椅上的首領非常興奮地鼓起了掌：「不錯！不錯！好看！再來一遍！」

然後十個人又跳了一遍。

最後足足跳了十遍〈Sun And Young〉，才終於放過他們。

孟新哭著說：「我這輩子再也不想跳主題曲了。」

首領果然指著周明昱吩咐身邊的狗腿子：「明早就吃他了，最近嘴裡沒味，想吃麻辣紅燒的。」

周明昱抱著岑風嗷嗷直哭。

回到被關押的小房間後，野人又送了宵夜過來，撒上孜然切片的烤全羊肉，配上新鮮的瓜果蔬菜，十分美味。

還特地囑咐周明昱：「你多吃點啊，爭取今晚再長胖一點。」

周明昱默默停下啃羊腿的動作。

他可憐兮兮地看著吃得特別開心的ＩＤ團：「你們會救我的吧？」

ＩＤ團：「吃，快吃，爭取不做個餓死鬼。」

周明昱憤怒道：「你們吃的是羊肉嗎？你們吃的是自己的良心！」

這一天翻山越嶺，抓豬捉兔，晚上還跳了那麼久的舞，ＩＤ團比前兩天都累，十點多就全部睡下了。

野人雖然囚禁了他們，但並沒有虐待，乾草下面鋪著棕墊，挺軟的，還扔了幾床大被子進來給他們。

十個人打橫鋪睡在一起，很快進入夢鄉。

屋內的攝影師也都退了出去，只留了角落一架自動立架攝影機。外面的群演收拾收拾，結束一天的工作，回到各自安排好的帳篷房子裡睡覺去了。

畢竟也不是真的野人營地，嘉賓都睡了，其他人自然也睡了。起先還聽得到工作人員交談明早錄製事項的聲音，最後只剩下安靜。

夜晚無聲而過。

淩晨三點半，漆黑的小屋子裡，岑風睜開眼。

他沒驚動誰，輕手輕腳翻身坐起，走到窗邊看了一眼。營地空曠，一個人都沒有。

他緩緩拉開門，慢慢走了出去，夜風清新，夾著某種不知名的花香，他走到放置能量石的水潭前，毫無聲息地伸出手，一顆一顆把裡面的能量石全部裝進自己掛在身上的麻袋裡。

裝完石頭，他再次走回屋子，先把何斯年搖醒。

何斯年身為軟萌老么，最聽他的話，睡眼惺忪睜開眼，看見隊長朝自己比了一個噓聲的手勢，立刻清醒了。

岑風用氣音說：「一個一個叫醒，不要發出聲音。」

等剩下的八個人全部醒來，岑風和何斯年已經把自己的東西收拾好了。井向白打開自己的手電筒照著地面，能稍微反射出一點光。

岑風冷靜道：「收拾東西，我們走了。」

我靠，還能這麼玩，刺激！

周明昱當然是求之不得：「走走走，趕緊走！」

每個人眼裡散發著興奮的光芒，瞌睡都沒了，二話不說，收拾好各自的行李。一行人貓著身子從門口走出來，悄無聲息穿過營地，然後朝著遠處灑滿月光的山林狂奔而去。

等第二天早上，工作人員打著哈欠起床，準備開始新一天的拍攝。

攝影扛著機器推門進去一看。

我靠？

人呢？

總導演透過機器看到畫面裡空無一人的房間，魂都嚇飛了。節目錄著錄著嘉賓失蹤了，這他媽是什麼真實靈異綜藝嗎？

整個營地一陣慌亂，到處找人，最後還是導演想起房間裡那架攝影機，趕緊調出畫面來看。

看完之後，整個節目組陷入沉默。

這恐怕是綜藝史上第一次，嘉賓擺脫節目組逃跑而他們還不知道人跑哪去了。

山頭爆發出導演的咆哮，驚起晨起的鳥雀：「快給我去找人！」

好在這片鄉村很安全，他們不擔心嘉賓的人身安全。最後在不遠處節目組設置的時空傳送門那找到了在帳篷裡呼呼大睡的ＩＤ團。

總導演看著畫面裡睡得特別香的十個人簡直氣到心梗，旁邊助理憋著笑問：「現在怎麼辦？」

「還能怎麼辦！人都跑過來了，還能押回去嗎？」總導演覺得自己有必要常備一瓶速效救心丸，他聯絡後勤組：「派車上來接人吧。」

那頭奇怪道：『今天不是要在營地做一天任務嗎？怎麼這麼早？』

總導演：「……別問，問就是崩潰。」

現場的工作人員又氣又笑地把人叫醒了。

ＩＤ團沒事一樣，起來洗洗擦擦，收拾東西，工作人員忍不住問：「你們半夜跑什麼啊？」

施燃：「我靠，你們都要吃我們了還不跑？我們又不傻。」

工作人員：「……」

等大家洗漱完收拾好，岑風把麻袋裡的能量石拿出來，交給周明昱：「現在可以回現代了吧？」

周明昱又左顧而言他：「應該可以吧。」

他捧著能量石，嘴裡含糊不清地念了幾句，然後嘩啦一下，把能量石全部扔進節目組布置的通道裡。

非常戲精地走進去朝他們招手：「快進來！通道啟動了！」

剪輯的時候，這裡該配發光的特效了。

ＩＤ團也是很懂，紛紛走進去，朝這片寧靜的山村揮揮手：「再見，我們走了！」

旁邊執行導演喊：「喀，錄製結束，休息一下吧，等等車就來了。」

何斯年到現在還有種沒睡醒的茫然：「這就結束了？我們可以回現代了？」他忍不住擔心起來，「那到時候節目播出，只有這麼兩天，怎麼湊得夠十二期素材啊？」

岑風：「……」

應栩澤嘆著氣摸了摸老么的頭：「就你這個智商，我算是明白昨天我們為什麼會全部被抓了。」

岑風正在折帳篷，淡漠地掃了他一眼：「你也沒好到哪裡去。」

應栩澤：「……嚶。」

攝影機已經關了，收拾完東西，ＩＤ團吃了節目組送來的早餐，休息一下，巴士就開過來了。

終於可以結束野人生活，大家開開心心地上車，到了農家小院後，又舒舒服服洗了個熱水澡，換上自己的衣服。

這兩天進山尤桃沒跟來，現在看到岑風，趕緊過來問他：「錄節目累嗎？有沒有哪裡不習慣？」

這都是許摘星交代的，一天五個電話詢問情況，恨不得飛過來。

岑風搖搖頭：「不累，沒有。」

尤桃把削好皮的果盤端給他：「這幾天伙食不好，多吃點，補充維生素。」

岑風一愣，盯著果盤看了幾秒，突然問：「她說的吧？」

尤桃裝傻：「啊？」

他用牙籤戳了幾塊水果放進嘴裡，看著遠處湛藍的天空，極輕地笑了一下：「只有她會關心這些。」

關心他維生素夠不夠，營養均不均衡，菜肉有沒有合理搭配。

奇怪又可愛的關注點。

尤桃默了一下，沒說話。

不過岑風也沒再說什麼，吃完水果，節目組就讓嘉賓上車。只有ＩＤ團，沒有周明昱，他站在車外開心地跟他們揮手：「再見呀朋友們。」

施燃看了他半天，跟應栩澤說：「我覺得他笑得有點詭異。」

應栩澤：「我也覺得，肯定有鬼。」

ＩＤ團昨晚夜奔，都沒睡好，上車之後搖搖晃晃，慢慢打起了瞌睡。一覺睡醒，看看時間，已經過去三個多小時了，而車子還在平坦的馬路上飛速行駛著。

中午停在休息區，助理買了便當和飲料上來給他們，吃完了繼續開。ＩＤ團也繼續睡，下午的時候，車子才終於在一片小樹林邊停了下來。

坐了六、七個小時都要散架了，九個人打著哈欠搖搖晃晃走下來，跟著助理走了一段路，就看到了熟悉的導演組和熟悉的大帳篷。

導演拿著熟悉的大聲公，喊出了熟悉的話：「去帳篷裡面換衣服！」

ＩＤ團瞌睡直接沒了。

「又來啊？」

「說好的回現代呢？」

今早導演被他們氣出心梗，現在完全不想理他們：「少廢話，趕緊去！」

九個人嘀嘀咕咕進了帳篷，男助理已經把服飾準備好了。這次終於不再是獸皮，而是變成古代的男子服裝。

上衣下裳，顏色花紋單一，但總比獸皮好，施燃從小有個大俠夢，興奮地迎上去：「古裝啊？是宮鬥劇還是武俠劇？」

等大家換好衣服，野人變成翩翩公子，岑風一襲玉白衣袍，長身玉立，要不是髮型太現代，都可以直接去古裝劇裡演絕世美男子了。

ID團顏值都高，古裝一換上，活脫脫古代美男團。這下都高興了，你作一下揖，我擺一下pose，臭屁得不行。

結果剛出帳篷，腦袋就被套上麻袋，被押送著往前走去。

頓時一片雞飛狗跳的吵鬧。

總導演一手扶額，一手撫心，交代工作人員：「趕緊押走，現在除了在機器上，我不想再看見他們！」

一行人邊走邊嚎，頭上套著麻袋也看不清路，不知道走了多遠，手臂突然一鬆，被人放開了。

趕緊取下頭罩，好在大家都在。

只是場景已經不是剛才的場景了。眼前長街樓閣，古風古貌，不遠處的城池門口人來人往，還有馬車駛過。

他們站在城外，身後好像是一座破敗的城隍廟。有個老奶奶擔著一個竹筐從旁邊經過，戰戰兢兢問：「幾位公子，買果子嗎？」

施燃伸手想去拿，被應栩澤打了一下：「你有錢嗎！」

施燃噘著嘴又把手縮回來了。

幾個人看了一圈，都有點茫然，這一次節目組什麼都沒跟他們說，換了衣服直接把人丟到這裡，他們連要做什麼都不知道。

最後都看向智商常年在線的隊長：「隊長，現在是什麼情況啊？」

岑風根據之前的劇情想了一下，遲疑道：「應該是時空隧道在傳送過程中出了問題，走走看吧，看能不能觸發任務。」

於是九個人朝前方的城池走去。

剛走到城門口，裡面敲鑼打鼓走出來一隊人。為首的兩個人肩上挑著一根扁擔，扁擔中間掛著一個懸空的圓形竹簍，裡面好像裝了一個人。

他們邊走邊吹打，身邊有不少小孩婦人跟著圍觀，指指點點。

ＩＤ團湊過去一聽，就聽見他們在說：

「這種登徒子就該浸豬籠。」

「他非禮的是蘇家的姑娘，若是招來王怒，豈不牽累我們！」

「該殺！該死！」

正議論著，就聽那竹簍裡的人崩潰地大喊：「不可以！你們不可以這麼對我！這是商朝！商朝沒有浸豬籠！那是明朝的！你們這是BUG！」

ID團：？

這聲音……

下一刻，那頭撕心裂肺地叫起來：「風哥！風哥救我啊！」

ID團：？？？

他媽的周明昱這個狗東西怎麼又被抓了？

救，還是不救，that is the question。

ID團對視一眼，都在彼此眼裡看到了相同的訊息：管他呢，先看熱鬧再說！

周明昱殺豬一樣慘叫著，ID團樂呵呵地跟著圍觀群眾一起來到河邊。一路敲鑼打鼓的隊伍將扁擔放下來，團在竹簍裡的周明昱還想掙扎，被死死按住了。

為首的長者轉過身來，抬手示意大家安靜，不失嚴肅道：「各位鄉親父老，主家流年不利，昨日被這好色之徒擅闖，雖未失竊受傷，卻驚嚇了我家姑娘。這登徒子不知悔改，還企圖哄騙女眷，本該五馬分屍以儆效尤！但主家仁慈，且念其年幼，又是初犯。」

說到這裡，他感慨又無奈地嘆了一聲氣。

施燃興致勃勃地說：「穩了穩了，不用我們救了，要放人了。」

長者悵然道：「所以改為溺斃，今日就請諸位做個見證，也算不辱我主家善名！」

圍觀群眾一臉感動地鼓掌：「蘇家真乃聖人，實在是過於仁慈了！」

ＩＤ團：「……」

周明昱撕心裂肺：「都是死！有什麼區別？再說溺斃到底哪裡仁慈了啊？」

長者轉身看著他怒斥道：「住口！你這黃口小兒，年紀輕輕便鑄下如此大錯！若放你歸去，今後豈不要覆我商國？」

圍觀群眾又驚又怒又怕：「這可萬萬不可！蘇管家，莫與他多話，趕緊殺了吧！」

周明昱崩潰道：「我怎麼就鑄下大錯了？我不就是幫小姐姐看了看手相，說她今後有亡國之相嗎？殺我有什麼用，你們還不如去殺一個叫姜子牙的，他才是罪魁禍首！」

長者不為所動，一甩袖口：「這淫賊巧簧善辯，無需與他多話，來人！推下河去！」

周明昱又慘叫起來，一邊叫一邊往ＩＤ團的方向看：「風哥！救我啊！我帶你們去找能量石！我知道哪裡出問題了！」

ＩＤ團看足了熱鬧，這才樂呵呵地跑上來阻止。

他們人多，一窩蜂湧上來，推人的推人，救人的救人，長者和家丁力氣沒他們大，看著周明昱從竹簍裡爬出來，驚怒道：「你們是何人？竟敢行如此大逆不道之事！」

雖然人救出來了，但圍觀群眾和家丁把他們團團圍住，根本走不了。

大家緊張又興奮地問：「隊長，我們突圍出去嗎？」

岑風：「……」

他看了還噘著嘴在捶腰的周明昱一眼，見他穿著青色長衫，頭髮還用白色絲帶綁了個揪揪，比他們的打扮好看多了，不知道想到什麼，偏頭跟應栩澤耳語了幾句。

應栩澤雙眼發光，等他說完，裝模作樣朝長者作了一揖，「老人家息怒，其實這都是誤會。」

長者怒道：「哪裡有誤會？」

應栩澤把周明昱拽到前面來，一臉嚴肅道：「老人家且看，我這位妹妹，生來便與旁人有些不同，雖說聲音粗狂了一點，但實打實是位姑娘，姑娘家怎麼能非禮姑娘呢？自然是誤會了。」

長者：「……」

圍觀群眾：「……」

節目組：「……」

倒也不必這樣睜著眼睛說瞎話。

長者還待說什麼，施燃立刻道：「對啊！不信你摸他下面！」

長者：？

周明昱：？

摸什麼！

他狀若嬌羞撲向施燃，趴在他的肩頭，扭兩下身子，嚶嚶道：「哥哥壞，哥哥流氓！」

施燃：「嘔……」

應栩澤：「老人家，你看看這顏值，這身材，這細腰，這大屁股，難道還看不出來是個美人嗎？你們竟把美人錯認為淫賊，實在是令人痛心啊！」

ＩＤ團齊聲：「令人痛心！」

長者：「……既然如此，那我派人來檢查一下！」說罷，他跟旁邊的家丁說：「你去摸一摸。」

ＩＤ團：「……」

應栩澤大喊：「不可！我妹妹還是個黃花大閨女！哪能被你們這群臭男人汙了清白！」

長者：「……」

他想了想，又看著圍觀群眾中的一個大娘：「煩請這位大嬸替我們檢查一下。」

大嬸：「不了不了不了！」

媽的這是演戲呢，誰都知道對面那是個男的，她們不要臉的嗎？何況那還是個偶像，聽說粉絲多得很，要是摸了，節目播出後還不被他的粉絲追殺啊！

在場的女群演全部後退一步。

長者：「……」

這也不行那也不行，被逼到死路的長者在接到導演的指示後長嘆一聲：「罷了，怪我眼拙，誤會這位姑娘，你們速速離去吧！」

人群讓開路，ＩＤ團成功救下人，興奮地跑了。

一路跑到他們剛才的出生地，周明昱知道自己馬上就要挨打了，趕緊拽著岑風的腰帶躲到他身後，連連大喊：「別打別打別打！我可以解釋！」

施燃擼起袖子：「給你一分鐘！」

周明昱說：「我們之前投入時空隧道的能量石不足，那些能量只夠隧道運行三分鐘，將我們往前傳送幾百年，所以我們才會被傳到這裡！只要繼續尋找能量石，就可以往前傳送，總有一天，我們可以傳回現代的！」

伏興言抓住了華點：「所以我們這次找到能量石，下一次也回不去，可能會被傳到唐宋元明清任何一個時代？」

周明昱連連點頭。

難怪這節目叫穿越五千年。

井向白又問：「這是什麼時代？」

周明昱朝他擠眼：「商朝。」

井向白從小在國外長大，沒怎麼學過中國歷史，一時間有點分不清，岑風聯想到剛才的蘇家小姐，轉頭問他：「蘇妲己和紂王？」

周明昱打了個響指：「Bingo！」

井向白這下明白了：「封神榜！我看過！」

施燃把袖子放下去：「那你之前到底為什麼會被抓？你沒事幫蘇妲己看手相做什麼？」

周明昱見不會挨打，這才從岑風身後鑽出來：「我比你先來一天，已經提前查看了能量石的位置。」他往遠處一指：「就在王宮裡！」

「紂王的宮裡？我靠，那可是暴君，我們怎麼進去啊？」

「所以我才會去找妲己小姐呀！她現在還沒被送進宮呢，不久前才收到入宮的旨意，蘇家現在正在做準備。」

大家明白了，要想入宮，只能透過蘇妲己。

周明昱道：「我們先去蘇家，我聽說妲己小姐有個心上人，她在家日日以淚洗面呢。」

一行人開始往城門口去。

入城之後，四處所見古街古貌，來往行人叫賣攤販好不熱鬧。辰星搭景是費了心思和功夫的，就像一個小型的商朝影視城，非常還原。

ＩＤ團頭一次置身古城，有種在拍古裝戲的錯覺。大家現在還是唱跳新人，影視劇那一塊暫不涉及，不過多少還是有些嚮往，現在能借拍綜藝感受一番，都特別興奮。

在城內逛到滿足，直到天快黑了，才跟著周明昱去了蘇家。

話落便要關門。

敲門之後，還是白天那個長者來開門，一見他們，頓時怒道：「怎又是你們？」

ＩＤ團湧上去把門抵住，周明昱連連道：「管家管家，你聽我說！我知道你家小姐明日就要入宮了。你可想好了，那是暴君，伴君如伴虎，你家小姐去了可就沒命了！」

長者怒色一散，臉上湧上一股無奈和悲傷：「王上有旨，豈敢不從。」

周明昱說：「我們有辦法不讓小姐入宮！」

長者喜道：「當真？」

ＩＤ團心說，辦法還沒有，商量商量就有了嘛，紛紛點頭：「真的真的，放我們進去！準備一桌酒席，我們邊吃邊聊！」

快餓死他們了。

長者這才放他們進來。

蘇家院子別致清雅，長者帶著他們去了飯廳，節目組有提前準備，坐下沒多久，飯菜就陸陸續續端上來了。

與此同時，蘇妲己的父母也在丫鬟的攙扶下走了過來，一進來便問：「各位壯士真的有法子不讓小女入宮？」

大家邊吃邊敷衍道：「有的有的！」

蘇母看了看他們這餓死鬼投胎的樣子，朝管家憂愁道：「不會是騙吃騙喝的混混吧？」

ＩＤ團：「……」

吃飽喝足，十個人跟著蘇家眾人移步前廳，落座之後丫鬟上茶。蘇父迫不及待道：「你們有什麼法子，說來聽聽？」

ＩＤ團面面相覷，正互相使眼色，意思是快想辦法啊！就見周明昱起身往前一步，自信滿滿道：「便由我代替蘇小姐入宮！」

眾人：「……」

ＩＤ團：？？？

周明昱看看四周，對大家的反應非常不滿意：「我認為我的顏值足以做禍國妖姬，怎麼你們不服嗎？」

施燃說：「你做個屁禍國妖姬，你做蘇妲己身邊那個野雞精還差不多！」

周明昱一愣：「什麼野雞精？」

封神榜資深觀眾井向白搶答道：「這個我知道！紂王身邊一共有三個妖怪，一個是狐狸精蘇妲己，一個是玉石琵琶精，還有一個就是九頭雉雞精！」

周明昱：「……我不要當雞精！我要當第一美人蘇妲己！」

應栩澤：「當著風哥的面，你也敢說你是第一美人？」

大家一愣。

對哦。

九個人齊刷刷看向還在慢條斯理喝茶的岑風。

被九道目光注視，岑風喝茶的動作慢了下來，甚至有點僵硬，緩緩抬眸看向雙眼發光的幾人，堅定地吐出三個字：「我拒絕。」

九個人興奮極了。

「風哥！女裝大佬！你可以！」

「你這顏值不做禍國妖姬可惜了！」

「迷倒紂王，拿回能量石，我們就可以回家了！」

岑風：「……」

節目組的臺本本來是打算讓周明昱扮蘇妲己的，因為他最有綜藝感，到時候進宮跟紂王的演員也可以有更多的互動和看點，但現在被ＩＤ團這麼一起鬨，再看看畫面裡面無表情的岑風，突然覺得，高冷妃子好像也不錯的樣子？

有了節目組的示意，蘇家父母和管家也都圍過來，一下子誇他長得好看，一下子求他救救小女，然後岑風就被ＩＤ團架到裡屋去換衣服了。

十幾分鐘後，生無可戀的隊長走了出來。

他換上一身白色紗裙，戴了長髮飄飄的假髮，雖然沒化妝，神情冰得能凍死人，但逆天顏值不是粉絲盲誇的，什麼造型都能hold。這一身白衣仙氣飄然，別說迷死紂王，ＩＤ團都覺得自己可以了……（不是）。

扮演蘇妲己的女演員此時也被請了出來，梨花帶雨地朝岑風跪拜，謝他救命之恩。

兩人站在一起一對比，岑風比女演員更像蘇妲己，美得群演黯然失色。

這頭岑風還在接受蘇家的謝禮，那頭，扮演琵琶精和野雞精的應栩澤和周明昱也穿著女裝出來了。

應栩澤穿了身粉色的紗裙，他的顏值也高，只是太做作了，在那扭過去扭過來，還掐蘭花指，簡直太辣眼睛。

周明昱沒搶過應栩澤，最終還是拿到野雞精的身分牌，穿了一身五顏六色的裙子，假髮上插滿了五顏六色的羽毛。

施燃盯著看了一陣子，恍然大悟：「特別像那天我們抓的那隻野雞！」

周明昱撲上去跟他廝打起來。

人選確定，安排了明日進宮的計畫，大家被管家帶到別院休息。

睡了好幾天的石洞乾草，今天終於睡上了舒適的床。每人一床，還不用擠，大家覺得這次的劇情實在是太棒了。

除了被迫穿女裝的隊長。

一夜無話，ＩＤ團睡了個好覺，第二天天亮，管家就來叫他們起床了。起來之後梳洗打扮，除了三個女裝大佬，剩下的七個人則化身家丁丫鬟，等他們吃過早飯，宮裡就來接人了。

浩浩蕩蕩的馬車停在蘇府門外，街上不少人都在圍觀。施燃和何斯年扮作丫鬟扶著臉上戴著面紗的岑風上了馬車，周明昱和應栩澤緊跟其後。

馬車搖搖晃晃，駛向王宮。

何斯年和施燃也穿上了丫鬟的服飾，但是沒帶假髮，看起來不倫不類的，兩人在那互相嘲笑了半天，最後看著岑風說：「隊長，還是你好看。」

岑風斜了他們一眼：「我們換？」

「不了不了不了，我們的顏值，當不起禍國妖姬！」

何斯年笑著說：「隊長你別擔心，我們進宮之後用最快的速度尋找能量石，找到了就跑，絕對不讓紂王吃你豆腐！」

岑風：「……」

不想說話。

馬車漸漸駛入王宮，最後在殿前停下。下車之後，十個人在宮人的帶領下穿過亭臺花榭，最後踏進一座金碧輝煌的寢宮。

一進去，就聽見裡面絲竹笙歌，玉簾之後，穿著黑紅色王袍的人嬉笑著追著幾個美人。真是好一幅暴君荒淫3D圖！

侍倌道：「王上，蘇氏到了。」

裡頭追美人的紂王身形一頓，掀開玉簾走了出來，瞇著眼睛一副好色模樣朝下打量，威嚴道：「抬頭讓寡人看看。」

岑風：？

我的頭不是抬著的嗎？

紂王看了一陣子，滿意地點點頭：「不錯，不錯，當真是個美人！寡人喜歡！哈哈哈哈，你叫什麼名字？」

岑風面無表情：「……蘇妲己。」

紂王笑著拍手：「好一個蘇妲己！賞！」他又瞇眼看向站在岑風旁邊那個五顏六色的野雞精，問：「你又是何人？」

周明昱興奮道：「回大王，我是妲己的妹妹，是與姐姐一起進宮侍奉大王的！」

紂王一臉開心：「好！好！姐妹共侍一君，實乃一段佳話！你叫什麼名字？」

周明昱：「我叫安琪拉。」

ＩＤ團：？？？

眾人：「……」

第五章　岑妲己

紂王傻眼了一陣子。

但職業素養讓他沒有當場垮掉，而是堅持住自己的人設，轉頭又看向另一邊穿著粉裙子的應栩澤：「那你呢？」

應栩澤看了周明昱一眼。

你都安琪拉了，我豈能輸給你？

應栩澤說：「大王，我叫王昭君。」

《王者榮耀》草叢三婊就此齊聚。

群演：「……」

節目組：「……」

ＩＤ團剩下的人：「哈哈哈哈哈哈哈哈哈哈哈！」

侍倌尖聲斥道：「王駕之前，不可大聲喧嘩！來人，掌嘴！」

ＩＤ團都是戲精，掐著嗓子嚶嚶嚶地求饒：「小姐救命呀，奴婢知錯了。」

紂王今日新得三個美人，心情非常好，也就不與他們計較，揮手道：「無礙，退下吧。」他又瞇著眼看向中間白衣飄飄的蘇妲己，「美人，來，走近一點，讓寡人好好看看你的樣子。」

周明昱偏過頭低聲說：「這紂王怕是近視眼。」

岑風被逼無奈往前走了兩步，紂王說：「再近一點。」

他又走了兩步。

這下紂王好像終於看清了，滿臉喜色，將那昏庸好色的暴君表演得入木三分，「好一個沉魚落雁閉月羞花的美人！」說完，張開雙臂從臺子上撲了下來：「美人！給寡人抱抱！」

岑風：？

跳舞的人多靈活呀，一個側身閃避，紂王沒刹住車，直接撞到地上了。

侍倌大喊一聲「大王」，衝過去將人扶了起來，轉頭怒斥岑風：「來人吶！把這企圖弒君的女子拿下！」

紂王把侍倌一推：「退下！」他轉頭看著岑風，笑得非常邪魅：「夠勁！寡人喜歡！」

岑風：「……」

他決定了，不擇手段找到能量石，用最快的速度把這一part過去！

周明昱像隻五彩斑斕的野雞朝紂王撲過去：「大王，臣妾給你抱！」

紂王：「……」

就很煩。

應栩澤還是惦記著任務的，開口道：「大王，妲己姐姐今日進宮舟車勞頓，可否先准他下去休息？等我們三姐妹恢復精神，一定好好伺候大王！」

紂王知道他們有任務，這一part確實也是以找東西為主要看點，笑瞇瞇點頭應了。

於是十個人從大殿離開，跟隨宮人來到紂王賜給蘇妲己的寢宮。把宮人都遣退，施燃立刻問周明昱：「能量石在哪？」

周明昱這個時候就又開始不可靠了：「我只知道在宮裡，具體在什麼位置，還要靠你們自己去找。」

岑風突然伸出一根手指。

ＩＤ團疑惑看著他。

只聽隊長冷冰冰說：「我只在這裡待一天。」

明天天亮之前，你們最好給我把能量石找到。

ＩＤ團都被隊長要殺人的眼神嚇到了：「我們現在就去找！」

於是十人分成了幾組，以尋找妲己娘娘丟失的耳環為藉口，開始在王宮裡到處亂竄。綜藝裡找東西這個梗其實也挺有看頭，跟拍攝影一路拍著他們把肅靜的王宮搞得雞飛狗跳，連大本營的導演組都看笑了。

岑風跟何斯年一組，沒出去，在蘇妲己的宮殿裡翻找。剛翻完裡屋，準備去院子裡找找，就聽見門口傳來欣喜的聲音：「美人，寡人的美人！」

岑風的臉肉眼可見地黑了。

紂王很快從門外走了進來，身形搖搖晃晃的，臉上還塗著非常明顯的曬紅，一看就是在演喝醉了的狀態。

看到岑風，頓時眯著眼睛笑道：「美人！原來你在這裡！來，讓寡人好好親熱親熱。」

岑風覺得節目組故意針對他。

眼見紂王張開雙臂又朝他撲過來，岑風趕緊躲開。一撲不成，紂王又撲，岑風又閃，這麼來回幾下，紂王生氣了。

終於暴露出他暴君的本性，陰森森道：「你再躲，信不信寡人將你剁成肉醬！」

別說，商朝的時候還真的有這個刑法，學名叫「醢」。

雖說是在演戲，何斯年還是被嚇到了。導演組說了，在情境之中時必須遵循劇情，也就是給什麼劇本，他們就要按照邏輯走下去，不然就算違反規則。

比如現在，明知道這個紂王是假的，你也不能把他打一頓，還必須順從他。

何斯年吞了吞口水，小聲提醒：「隊長，要不然你別躲了，讓他抱一下也沒什麼嘛。」

岑風一臉冷漠。

配上這身造型，簡直就像個冰美人。

總導演現在還記仇他昨晚半夜率領全團偷偷溜走的事，當然不能放過他，樂呵呵在耳麥裡提醒紂王：『按照劇情繼續走，不用停。』

演紂王的群演有點怕岑風的眼神，現在收到導演組的提示，於是重振雄風。

他手一指岑風：「你站在那裡，不要動。若敢動，寡人就殺了你身邊的婢女！」

何斯年頭一縮：「隊長！你就讓他抱一下嘛！」

岑風突然朝紂王非常溫柔地笑了一下，這還是他換上女裝後第一個笑。美人一笑，傾國傾城，當真笑出了禍國妖姬的風範。

只聽他溫聲道：「大王，你來追我呀，若是追上了，我好好服侍你。」

不就是昏君和妖妃的劇本嗎？誰還不會演啊！

他說完了，挑釁地看了鏡頭一眼。

你們要我遵循劇情，那我這麼說，也算符合人設。妖妃嘛，會說這種話很正常，也在情境之中。你們要是不准，那便是你們先違背規則，到時候可就別怪我。

接收到他挑釁眼神的導演組：「……」

總導演：「我的速效救心丸呢？」

紂王的耳麥裡沒聽到指示，意味著導演組默認了，於是他非常「荒淫」地一笑，「好啊！美人果然有情趣！不過有個條件，你不能跑出這殿院三公尺之外！」

岑風：「行。」

紂王滿意地笑了：「美人，寡人來了！你跑寡人追，若是寡人追到了，你就讓寡人嘿嘿嘿！」

岑風：「……」

他現在就想打爆這個紂王的頭。

於是兩人在院子裡玩起了貓捉老鼠的遊戲。

紂王畢竟是個結實的成年男子扮演的，岑風穿著一身白衣飄飄的紗裙，輕輕瘦瘦，看起來弱不禁風，不是很能跑的樣子。

紂王堅信自己多年跑群演的體力肯定強過這些小明星。

結果跑著跑著，他發現自己不僅連人家半片衣角都摸不到，他的美人還上躥上跳，一下翻牆一下爬房。

節目組搭的景用過就會拆，當然不是用真的水泥磚頭修成高大宮殿，殿院內那一公尺多高的牆，美人手臂一撐就翻過去了。

等他氣喘吁吁從門口跑出去繞道過去時，美人遠遠朝他一笑，又翻進去了。

紂王：「……」

你他媽跑酷啊！

最後這個環節以紂王累癱倒地被宮人架走結束，岑妲己撣撣衣袖，面不改色，走回院子繼續尋找能量石。

目睹這一切的何斯年小丫鬟：「還是隊長厲害！」

中午的時候，到處去尋找能量石的ＩＤ團回來了，全部一無所獲。因為早上隊長那個眼神，大家其實找得挺仔細的，翻箱櫃爬樹下水，但一丁點發現都沒有。

石頭沒找到，倒是在冷宮發現了節目組布置好的時空隧道傳送裝置。

這個王宮景搭得並不大，岑風把大家已經去過的地方劃掉，最後只剩下紂王寢宮和酒池肉林沒去。

伏興言說：「我去了酒池肉林，門口有侍衛把守，只對紂王開放，不能進。」

至於紂王寢宮，更不可能明目張膽地進去翻找了。

十個人正糾結著，紂王就派宮人來傳話了，讓他的三個美人去寢宮陪他用午膳。

應栩澤一拍大腿：「機會來了！」

他把耳麥關了，低聲說了幾句，導演組那邊也沒聽見，只見畫面裡幾個人一臉躍躍欲試，有一種不祥的預感。

三個美人加上七個丫鬟侍衛，一行人浩浩蕩蕩來到紂王的寢宮。

飯菜已經擺上桌了。

早上被跑酷風風累癱的紂王已經恢復如常，不過他現在看岑風的眼神是真的怕了，坐都不靠著岑風坐，讓應栩澤和周明昱坐在他兩邊。

他拿起鑲嵌著綠寶石的酒壺，笑吟吟道：「來，愛妃，陪寡人醉飲三杯。」

周明昱特別戲精地搶過他手上的酒壺：「大王，怎敢勞你親自動手！讓臣妾來！」

酒壺裡裝的自然是礦泉水，周明昱倒了酒，跟紂王在那你來我往說騷話。這本就是他臺本上原本就有的東西，執行起來毫無難度。

應栩澤和岑風對視一眼，默默吃菜，完全不想加入他們。

酒過三巡，應栩澤覺得時間也差不多，在桌子底下踢了周明昱一腳，周明昱立刻道：「大王，可吃飽了？」

紂王滿意地摸了摸小肚子：「有愛妃服侍，當然。」

周明昱無比嬌羞道：「大王，我們來玩捉迷藏吧！」

紂王一愣，就看見他的野雞精愛妃非常豪邁地取下自己腰間的藍色絲帶，在空中一甩，伸出舌頭舔了下嘴唇：「大王，蒙上眼睛，你來抓臣妾。若是抓到了，臣妾表演脫衣舞給你看！」

說完了，他還把衣領往下一扯，露出半個白花花的肩膀，特別猥瑣地抖了兩下肩。

紂王：「……」

就很煩。

應栩澤也狀若嬌羞伸出手指地戳了下紂王心口：「大王，來嘛，陪臣妾玩玩嘛。」

紂王：「……」

蒼天啊，他做錯什麼要來這個綜藝裡當群演。

錢他不要了，放他走行嗎？

那當然不行。

應栩澤和周明昱一人抱著他一隻手臂，非常開心地用絲帶把他的眼睛綁上了。

然後紂王開始被迫蒙眼抓美人。

一下子在這邊：「大王，我在這邊，來抓我呀。」

一下子在那邊：「大王，快來呀，我在這。」

真是好一幅暴君白日宣淫圖啊！

而就在應栩澤和周明昱遛著紂王玩的時候，剩下的八個人已經脫掉鞋，輕手輕腳在寢宮裡翻找起來。

這寢宮比其他景點都大，一時間找不完。紂王捉著捉著還真的進入角色了，玩捉迷藏玩得不亦樂乎，撲過去撲過來的。

ＩＤ團一邊找一邊還要防止被他抱到，整個寢宮裡大家貓著身子到處竄，快把導演組樂死了。

連總導演都說：「這團有梗。」

最後紂王撲累了，實在撲不動了，他沒想到自己只是來當個群演，居然還要考驗體力。坐在臺階上擺手：「愛妃，美人，寡人累了，不玩了。」

這個時候寢宮也差不多被翻遍了，能量石依舊不見蹤影。岑風看向對面翻找最後一個箱子的何斯年，用嘴型問：「有嗎？」

何斯年翻完了，站起來朝他搖頭，正要說什麼，突然臉色一變，頓時大吼道：「隊長快跑！」

岑風心裡想著能量石，反應遲了那麼半秒，就被紂王從後面一把抱住了。

紂王一邊摘下絲帶一邊樂呵呵道：「哈哈哈美人，被寡人抓到了吧！」

睜眼一看，抱的是「蘇妲己」，笑容一下子僵在臉上，趕緊鬆手連連後退，腳跟不小心絆到臺階，一屁股摔下去了。

岑風：「……」

他往前走兩步想去把人拉起來，結果紂王非常驚恐地說：「你不要過來啊！」

ＩＤ團差點被笑死。

氣場全開的隊長走到哪裡都是不可招惹的存在啊。

岑風不知道想到什麼，非常和善地朝紂王一笑：「大王，跑了這麼久出了一身汗，要不要去酒池肉林洗一洗？」

紂王說：「不去不去。你們回去吧，寡人累了，想睡個午覺！」

ＩＤ團這才你拉我我推你地走了。

回到蘇妲己的寢宮，岑風跟吃便當的幾個人說：「能量石應該就在酒池肉林。」

但是怎麼才能讓紂王開啟劇情呢？

下午時分，蘇妲己身邊的小丫鬟哭哭啼啼地跑進紂王的寢宮，一邊嚶嚶嚶一邊喊著：「大王、大王，不好了，娘娘犯病了！」

導演組給紂王的臺本也沒有明確指示，為了情景的真實性，大多時候要求他臨場發揮。等攝影跟著施燃進來的時候，剛剛還跟其他群演坐在臺階上嗑瓜子的紂王已經恢復人設，不失威嚴地走了出來：「何事？」

施燃嚶嚶道：「大王，我家娘娘打小有病，剛剛暈過去了，你快去看看吧。」

紂王長袖一甩：「帶路！」

走到蘇妲己的寢宮，岑風果然閉著眼睛躺在床上，只是他裸露在外的肌膚泛著詭異的紅，有點像腮紅抹重了的樣子。

紂王「大驚失色」道：「為何會這樣?快，傳御醫！」

施燃說：「啟稟大王，娘娘這個病由來已久，吃藥看病都沒用。不過早些年有個遊方道人給過主家一份藥方，說只要犯病之時，在酒池之中泡一泡便無礙了！」

紂王：「……」

這就是你們想了一下午想出來的辦法？

周明昱和應栩澤嚶嚶撲過來：「大王快救救姐姐吧！臣妾聽說大王的酒池肉林裡美酒遍地，最適合幫姐姐治病了！」

劇情都演到這個份上了，紂王能說不嗎？

只聽他沉聲道：「好！寡人這就抱美人過去！」

躺在床上的岑風眼角狠狠抖了一下。

紂王說抱就抱，先握住美人的手腕想把他從床上拉起來，結果美人就像跟床縫在一起一樣，死死躺在上面一動不動。

他拉了半天沒拉動，還蹭了一手掌的腮紅。

美人怎麼還褪色呢？

應栩澤憋著笑說：「不敢勞煩大王，還是我們來吧。」

說罷，跟周明昱一起把人扶了起來。

一群人浩浩蕩蕩轉道酒池肉林。有紂王領路，自然輕而易舉就進去了。節目組在裡面人造了幾個小水池，像那種只容一人泡溫泉的小池子。

池水非常清澈，ＩＤ團一進去就看見遍布池底的能量石。

紂王主動解釋道：「那是寡人命人尋來的酒石，有這些石頭在，池水便可常年保持清澈。」

大家交換眼神，把岑風扔進能量石最多的水池裡，讓他躺在裡面的時候偷偷撿石頭。

周明昱和應栩澤則纏著紂王要和他洗鴛鴦浴，紂王再怎麼說也是鋼鐵直男，被兩人動手動腳扒衣服嚇得滿場到處跑。

周明昱一邊追還一邊喊：「大王，跑快點喲，要是被我追上了，就要被我嘿嘿嘿喲。」

紂王：「……」

真他媽風水輪流轉啊。

不信抬頭看，蒼天饒過誰！

最後紂王被滿身羽毛的野雞精按在地上，崩潰地朝躺在池子裡的岑風大喊：「你石頭撿完了沒啊？怎麼這麼慢啊！」

導演組：「……」

這個群演心理素質不行，下次不合作了。

ＩＤ團在宮中休息一夜，第二天吃過早飯，拿著能量石去了冷宮。周明昱又神神叨叨念了一番臺詞，然後把能量石丟了進去。

一行人剛站進時空隧道，紂王就出現了。

非常「震驚」地朝他們喊：「美人！你們這是在做什麼？」

周明昱嚶嚶道：「大王，雖與你只有短暫的一段露水情緣，但臣妾一定不會忘記你的寵愛，我們來世再續前緣啊！」

紂王掉頭就走。

執行導演在旁邊憋著笑說：「喀，本次錄製結束，行了，換衣服吧，等一下就走了。」

岑風面無表情一把把假髮摘了下來。

跟工作人員去裡屋換了衣服，坐了十幾分鐘，就通知巴士來了。走出宮時，發現外面的街景已經在拆了，巴士停在宮門口。

施燃小聲跟岑風說：「公司真有錢，一次性布景，說拆就拆。」

他們這兩天睡得好吃得好，休息得不錯，上車之後終於沒像上次那樣全程打瞌睡，嘻嘻哈哈鬧了一路。

應栩澤說：「在王宮待了兩天，現在真的有種穿越的感覺。」說完了又很興奮，「你們猜，這一次我們會穿到哪個朝代？」

蒼子明雙眼發光：「我想去唐朝！說不定還可以見到楊貴妃！」

施燃幽幽道：「說不定你見到的那個楊貴妃還是風哥扮的。」

岑風：「……」

不想錄了。

車子開到後半程，說不睏的ＩＤ團還是打起了瞌睡，錄綜藝總是這樣，特別是外景，有一半的時間都在路上。

等他們到達下一個場景時，已經是下午時分了。

下車之後，照常是先去帳篷裡換衣服。這下子大家熟能生巧，乖乖把衣服換好。這次的服裝光是從顏色樣式上看就比商朝時候正規，而且造型師還幫他們戴了假髮。

九個儒雅清秀的漢服美男子出現了。

去錄製現場的時候，ＩＤ團頭上又被蒙上了麻袋，不過這次大家不慌了，還笑嘻嘻地問：「周明昱是不是又被抓了？」

「這次我們不救他了，看他怎麼辨。」

一路說說笑笑，停下來的時候，聽見不遠處有個哀怨的聲音在念詩，兮過來兮過去的，念的還是文言文。

大家先把麻袋取下來，應栩澤一邊打理假髮一邊自黑：「節目組真是太高估我們的文化水準了。」

這一次他們所在的地方是一座十分冷清的後院，但看四周建築飛簷斗拱，必然不是一般的小院。

ＩＤ團還在打量，岑風突然開口說：「她念的是《長門賦》。」

《長門賦》，司馬相如寫給陳阿嬌的騷體賦。

ＩＤ團愣了一下，反應過來了：「她是陳阿嬌？」

歷史基礎為零的井向白：「陳阿嬌是誰？」

施燃鄙視地看了他一眼：「金屋藏嬌你都不知道？」

井向白眼睛一亮：「《大漢天子》！我看過！」

施燃：「……我看你這點可憐的歷史知識全是看電視劇來的。」

又轉頭誇岑風：「隊長，你好厲害啊，連這都能聽出來。」

幾人的交談打斷了坐在樹下石椅念詩的女子。她穿著一身華服，容貌秀麗，轉頭看見他們時，眉眼間哀怨一散，湧上一股驚喜：「你們就是神仙說的可以幫助本宮的人？」

ＩＤ團面面相覷，應栩澤上前一步問道：「什麼神仙？」

陳阿嬌有些激動地站起來朝他們走了兩步，但考慮到男女有別，又堪堪停住，欣喜道：

「前幾日從天而降一位神仙，說本宮有紅顏早逝之相，唯一的破解辦法便是離開長門宮。可本宮被貶黜至此，宮門重重，如何離開？神仙說，幾日之後會有九位少年降至於此，幫助本宮離宮，說的可是你們？」

「還有這種事？」應栩澤抓抓腦袋，轉頭看向岑風：「她說的神仙，不會是周明昱吧？」

演陳阿嬌的是辰星旗下的新人，拍了兩部電視劇都還沒播，所以辰星讓她來綜藝裡露露臉。

這樣的機會不多，一定要好好把握，她也演得十分投入：「你們可願救本宮出去？」

ＩＤ團一致看向隊長，等他拿主意。

岑風收回打量四周的視線，淡淡問：「救妳出去，有什麼好處嗎？」

ＩＤ團：不愧是隊長！

陳阿嬌垂了垂眸，突然將手腕處一串手鏈取下，放在手心朝他們伸過來：「神仙說，你們需要這個。如果你們能帶本宮出去，本宮就帶你們去找它。」

眾人定睛一看，那手鏈上居然串著一顆能量石。

好嘛，看來這次的任務不是救周明昱，而是救陳阿嬌。

應栩澤立刻道：「救！當然要救！必須要救！娘娘莫慌，且把這宮中情況相告，我們立刻商量對策！」

陳阿嬌苦笑一聲：「實不相瞞，本宮被貶至於此，耳目閉塞，如今對這宮中風雲，也一概不知了。」

簡而言之，靠你們自己去摸索。

ＩＤ願對視一番，何斯年憂愁道：「這可是皇宮欸，我們自己都不一定出得去，怎麼把一個皇后救出去啊？」

施燃糾正他：「廢皇后。」

陳阿嬌：「嚶。」

施燃：「……對不起娘娘，我掌嘴。」

ＩＤ團七嘴八舌地出主意，什麼挖地道、做大風箏、藏在糞桶裡這些餿主意都出來了，岑風聽得頭疼，打斷他們：「先出去探查一下情況吧。」

陳阿嬌也道：「是這個理。你們隨本宮來，先換上宮中侍衛的衣服，以免被人察覺。如有人問起，你們就出示本宮宮中的腰牌。」

於是ＩＤ團又去換了一次裝。

換完之後，岑風將人分成三組，開始各自去皇宮內尋找線索。

這一次的景設在某個城市的影視基地裡，比上一次辰星自己搭的小景要恢弘大氣的多，相應來講，線索也就難找得多。

岑風跟何斯年和應栩澤一組，從長門宮出來後一路往東去。這景是實打實的皇宮，走起來半天都走不到尾，中途還迷路了。

走了一個多小時，除了免費欣賞一圈皇宮，期間被侍衛攔下來盤問了兩次，什麼線索都沒找到。

三人商量一下，決定先回去看看其他人有沒有收穫。剛往回走沒多遠，就看見偏門有一群人抬著箱子戴著面具穿著古怪，在幾名宮人的帶領下走了進來，一路往偏殿去了。

岑風直覺有問題，低聲說：「跟上去看看。」

三個人不緊不慢地跟在隊伍後面，等他們進入偏殿後，沒多久那幾個引路的宮人就出來了，邊走邊交談道：「陛下對娘娘可真好，還專門請了民間藝人進宮來為娘娘慶生。聽說他們的表演在長安城內十分出名，我們可有眼福了。」

「對啊，他們今晚表演結束就會離宮，可得好好看看。」

宮人漸行漸遠，三人對視一番，何斯年先說：「我有一個想法……」

應栩澤也開口：「我也有。」

岑風笑了一下：「進去問問吧。」

三人走進偏殿時，這群民間藝人正在整理箱子，箱子裡多是些表演服裝和鬼影面具，旁邊應該是領頭的老者中氣十足道：「都給我注意一點！今晚給娘娘的表演，一點差錯都不能出！」

話剛落，就有個人跑過來急急忙忙道：「阿爹阿爹，宋師兄和陳師兄剛剛打起來了，現在兩個人都被對方揍暈過去了！」

老者怒道：「什麼？這兩個不知輕重的畜生，今晚可還要給娘娘表演雙人舞，現在可如何是好？」

節目組這鉤子也是拋得很直接。

應栩澤立刻走上去道：「老先生！不要急！我有辦法！」

導演組這次沒有為難他們，鉤子拋得直接，劇情也走得順暢，待應栩澤和何斯年當場來了一段後，老者同意今晚讓他們代替那兩個暈過去的弟子上臺表演，並答應幫他們掩藏身分，今晚帶他們一起出宮。

開啟劇情線就好辦了，岑風拿了一套民間藝人的戲服和一張鬼影面具，讓何斯年帶回長門宮，等陳阿嬌換上了，把她帶過來。

自己則跟應栩澤去把ＩＤ團其他人找過來。

傍晚的時候，十個人齊聚偏殿。

老者一副驚呆的模樣：「怎麼……怎麼如此多的人？」

應栩澤笑嘻嘻說：「你們只是雙人舞，我們這還多送了七個，變成了九人舞，算起來還是你們賺了呢！」

老者：「……」

岑風低聲跟穿著戲服戴著鬼影面具的陳阿嬌說：「混在他們之中，出宮之前別摘面具。」

陳阿嬌連連點頭。

等她混入那群穿著戲服戴著面具的民間藝人後，連ＩＤ團都分辨不出來誰是誰了。

準備了一陣子，天很快就黑了。引路的宮人將他們帶去一座宮殿之中，裡面絲竹歌舞，觥籌交錯，宴會已經開始。

民間藝人表演的節目是跳大神。

對，就是那種戴著面具肢體動作非常誇張的跳大神。

ＩＤ團覺得這要是真的皇宮宴會的話，這群藝人多半要被砍頭了。

等他們表演結束，就輪到ＩＤ團。

繼野人部落表演〈Sun And Young〉後，ＩＤ團又在漢朝給漢武帝跳了一次他們的代表作〈向陽〉。國內第一男團真可謂是紅遍古今，名不虛傳！

漢武帝還坐在高位上說：「跳得好！來人，賞！」

殿內的表演還在繼續，而ＩＤ團已經趁著夜色，混在民間藝人的隊伍裡，帶著一個廢皇后，悄悄離開皇宮。

距離皇城越來越遠，不遠處出現燈火通明的長街。古時長安繁華，ＩＤ團剛才每人都領到了漢武帝賞的銅錢，施燃把銅錢搖得嘩嘩作響，興奮地說：「等一下拿到能量石先不著急去找傳送裝置，我們第一次有錢欸！找個客棧大吃一頓，睡個好覺，明天再去完成任務！」

節目組一直要求他們遵守劇情，待在情境之中。既然給了錢，這錢在這肯定就能用。大家興奮地討論怎麼逛古代的夜市，只有岑風皺眉不語。

應栩澤拍拍他的肩：「隊長，你怎麼了？」

岑風看了漸行漸近的長街一眼，那街上四處掛著橙色的燈籠，隱隱能看見擁擠的人群，他低聲說：「總覺得任務完成得太過順利了。」

應栩澤：「那還不好！」

岑風搖搖頭：「讓馬車停一下，把陳阿嬌接下來。」

施燃往前跑了兩步：「老先生，停下車！」

這話剛落，就聽那馬兒嘶鳴一聲，朝前奔去。

ＩＤ團一愣，拔腿就追。

但人哪能跑得過馬，只見馬車一路奔向長街，在長街入口處停了下來，緊接著馬車上戴著面具的陳阿嬌跳了下來，一路往前跑去。

等ＩＤ團追上去的時候，燈火通明的長街人來人往，擁擠不堪，而這其中有一半的人都穿著跟陳阿嬌一模一樣的衣服，戴著一模一樣的鬼影面具。

ＩＤ團：「……靠！」

施燃仰天長嘯：「節目組也太坑了吧！」

井向白快哭出來了：「我們不會要一個個揭開面具找人吧？」

應栩澤：「……不然呢？」

岑風倒是很冷靜，他就知道不會這麼容易的，淡聲交代ＩＤ團：「抓緊時間找吧，揭過的面具打個記號，避免重複。」

ＩＤ團哀嚎著衝進了人群，開始了新一輪的貓抓老鼠遊戲。

人又多，又擠，那些戴著面具的人還到處躲，ＩＤ團一邊追一邊找，差點沒累死在街上。

長街兩邊還有攤販叫賣，舉著糖葫蘆串的小販喜氣洋洋，兩旁樓簷上掛著燈籠，流光溢彩，夜景十分漂亮。

而遠方天空，月亮高懸。

岑風在人群中穿梭，有那麼幾個瞬間，好像真的身處古時長安。

迎面有個戴著鬼影面具的人走了過來。

岑風以為對方又要跑，趕緊一個縱步飛身往前，結果輕易便抓到了，這人也沒跑，站在他面前仰頭看著他。

岑風抬手去揭她的面具。

因是仰著頭，揭面具的時候，下頷和微微彎起的唇先露出來。

面具揭到一半，岑風停住動作。

周圍人來人往，嘈雜聲音起此彼伏，只有他們兩人站在人群之中，不動也不走。

半晌，岑風把揭到一半的面具又蓋了下來。

然後拿出自己的記號筆，在她的面具上畫了個愛心。

他眼底都是笑，臉上卻還是淡淡的，抬手關了麥，才問：「妳怎麼跑來了？」

面具下傳出小小又雀躍的聲音：「我想你啦。」

第六章　好想咬一口

許摘星是今天早上過來的，來這個城市開一個製片人的會。中午打電話給尤桃的時候，才知道綜藝的進度拍到這裡了。

《穿越五千年》是她一手策劃的，她自然知道今晚有嘉賓追面具人的環節，這種既不用露臉，不會被發現，又可以偷偷看愛豆一眼的機會，當然不能錯過！

下午ＩＤ團在王宮內錄製時，她已經在街上，穿著戲服戴著面具跟眾多群演混在一起，聽導演指揮提前演練。

還是第一次做這種事，雖然跑來跑去有點累，但想到晚上就可以見到愛豆，從他身邊擦身而過他也不知道她是誰，就有種刺激的小興奮。

偶爾許董還是想以權幫自己謀個私的。

但是當在人來人往的長街上，一眼看見他時，之前排練的追逐躲避瞬間忘到九霄雲外了。他穿著青白色的漢服，長身如玉，眉眼漂亮，她腦子裡一下子冒出那句「陌上人如玉，公子世無雙」。

她仰著頭，呆呆地看著他，連逃跑都忘記了。

面具被揭到一半，她才驚醒過來，正想阻止，他又將面具蓋了下去。

愛豆到底是怎麼認出她的？就憑一個下巴嗎！

許摘星小同學不禁有點迷惑。

扛著糖葫蘆串的小販從旁邊經過，岑風收起記號筆，叫住那個小販：「糖葫蘆能吃嗎？」

小販喜氣洋洋道：「瞧您問的，不能吃我扛出來做什麼？公子要嗎？兩枚銅錢一串！」

岑風拿了兩枚銅錢出來交給他，偏頭找了找，選了一串最大最飽滿的糖葫蘆下來。許摘星看著，就見愛豆自己先咬了一顆。

他吃完一顆，才把糖葫蘆遞給她：「可以吃。」

許摘星噗哧笑了：「哥哥，你幫我試毒啊？」

他煞有其事地點頭：「嗯。」

許摘星笑彎了眼，但因為戴著碩大的鬼影面具，吃東西不方便，她舉著糖葫蘆軟聲說：「哥哥，我去旁邊的小屋子裡吃，你繼續錄節目吧。」

剛說完，愛豆突然拽住她的手腕，拉著她往旁邊跑去。

跟拍攝影就在後面拍著，見岑風跑了，也趕緊追上。但街上人太多，穿行擁擠，少年拉著女孩東竄西竄，居然從他眼皮子底下竄沒影了。

攝影老師趕緊聯絡導演組：「我這組嘉賓跟丟了。」

九人一分開，就是九個畫面，導演組每個人分別負責一組。尤桃跟負責岑風這一組的工作人員說了幾句，攝影老師收到指示：『不著急，慢慢找。』

而此時，甩開攝影的岑風拉著許摘星躲進客棧二樓的小房間裡。

頭頂就是大開的窗戶，樓下的嘈雜聲不間斷地飄進來，兩人背靠窗戶坐在地上，許摘星還在大喘氣：「我們……為什麼要躲起來？」

岑風單撐著一隻腿，手肘擱在膝蓋上，青白衣衫垂落在地，看著對面牆上的掛畫若無其事地說：「我拍累了，想休息一下。」

許摘星虎軀一震：「好！休息！不拍了！」

岑風轉頭看她，鬼影面具還鬆垮垮地掛在她臉上，他笑了一下，伸手替她揭下來。終於看見女孩明亮的眼睛。

這樣近距離被愛豆注視，許摘星突然有點不好意思，垂眸往旁邊偏了一下頭，聽到他笑著說：「快吃吧。」

她乖乖啃起糖葫蘆來。

大顆圓潤的糖葫蘆把她的腮幫子塞得鼓鼓的，一咬下去，發出喀嚓的脆響。她嘴角沾了些糖渣，嚼完糖葫蘆，伸出舌頭舔一舔，又咬下一顆。

怎麼那麼乖。

許摘星吃到一半，才發現愛豆撐著頭在看她。

她怪不好意思的，身子往旁邊轉了轉，只留給他一個鼓起的腮幫子。

岑風無聲笑起來。

等她吃完糖葫蘆，他就要回去繼續錄節目了。

許摘星正要重新戴上面具，才發現上面畫了一顆愛心。她有點開心地問他：「哥哥，這是你給我做的標記嗎？」

岑風垂眸打理寬袖，泰然道：「嗯，證明妳已經屬於我了。」

許摘星覺得這話有點怪，還沒來得及細品，又聽愛豆問：「妳什麼時候走？」

她乖乖回答：「錄完今晚這一 part 就走啦。」她想到什麼，又神祕兮兮說：「哥哥，要不要我告訴你陳阿嬌藏在哪裡？」

岑風被她做賊似的語氣逗笑了，手指在她額頭上點了一下：「不用。」

許摘星撇了下嘴：「好吧。」她珍重地摸了摸被愛豆畫過愛心的面具，然後重新戴好，朝他比了比小拳頭：「哥哥加油！」

從客棧下去，攝影老師終於看見岑風，趕緊重新找好機位拍過來，許摘星已經混入人群之中。寬大的戲服穿在她身上有些晃，顯出底下纖弱的身姿，她一蹦一跳，背影透著開心。

不遠處傳來施燃氣喘吁吁的聲音：「風哥，你找了幾個面具人了？我抓了十個了，一個都不是，我的天，這要找到什麼時候啊！」

夜晚的拍攝還在繼續。

期間ＩＤ團又觸發了幾個小任務，完成任務就會拿到陳阿嬌藏身之處的線索。一直錄到半夜十二點多，他們才在一個洗染坊的後院裡把陳阿嬌團團圍住。

施燃痛心疾首地說：「皇后娘娘，這就是妳不厚道了吧？妳是不是想被我們送回宮去啊？」

陳阿嬌露出尷尬又不失禮貌的微笑。

ＩＤ團拿到了能量石所在之地的線索，今晚的錄製就算結束了。節目組幫他們安排幾間客棧用來休息，岑風回去洗了個澡換了身衣服，再去工作營地找人時，許摘星已經走了。

尤桃把一盒用保鮮膜裹起來的水果盒子交給他，裡面有七、八種水果，切好之後整整齊齊地擺放在一起。因為一直放在可攜式小冰箱裡，水果還很新鮮，保鮮膜上凝著一層小水珠。

尤桃說：「摘星留給你的。」

他伸手接過來，不易察覺地笑了一下。

第二天早上，ＩＤ團收拾好行李，繼續他們的穿越之旅。這一次他們穿越到三國時期，還體驗一把穿盔甲騎大馬的滋味，上一期沒有出現的周明昱這一次又出現了。他成了張飛，還拉著ＩＤ團跟他桃園十結義。

最終團綜沒有錄到二十天那麼久，可能因為這群大男孩實在是太會鑽規則漏洞了。有些劇情任務不得已被提前，到第十七天的時候，他們終於回到現代，正式結束這次的綜藝錄製。

這應該是他們出道以來，錄得最累的一個節目。不停地換場景，不停地奔跑，不停地做任務走劇情，這半個多月都沒碰過手機，還真的有種跟現實社會脫節的感覺。

一行人疲憊地登上回B市的飛機。

公司還是很人性化的，讓他們放了三天的假。這三天ＩＤ團處於吃了睡睡了吃的狀態，三天假期結束，正式進入跨年舞臺的排練。

岑風本來應該去熱門電視臺表演 solo 舞臺，但他放棄這次機會，而是選擇跟團一起上一個熱度靠後的電視節目。他一個人的流量其實就抵得上剩下八個人加起來的流量，大家嘴上不說，心裡都挺感動的。

這一次的跨年舞臺他們依舊表演代表作〈向陽〉，駕輕就熟，連排練都不怎麼費力，岑風將更多的時間投在專輯的前期宣傳上。

電視公布跨年嘉賓後，粉絲開始搶票了。

一開始風箏們以為愛豆會去熱門臺，熱門臺每年流量氾濫，票最是難搶，已經做好了打一場硬仗的準備。結果一公布才發現，居然是傳統的老電視臺？

其實老電視臺也沒什麼啦，票還好搶一點，只是……別的大流量都去熱門臺了，自家愛豆沒被邀請，總覺得有點失落。

風箏們不僅疑惑：『難道我們不配上熱門臺嗎？』

社群大粉：『上什麼熱門臺，上個舞臺就不錯了。』

風箏：『……』

說得好有道理！

失落的氣氛一掃而空，大家開開心心搶起了票。

✦

就在ＩＤ團排練跨年舞臺的時候，辰星官博也公布了岑風第一張專輯《It's me》將於一月一號早上十點上架的消息。

新的一年，新的一天，新的開始，It's me。

新的我。

岑風從出道到現在，其實一直有一種恍若夢中的不真實感。一切來得太容易了，人氣、熱度、地位、資源。

有時候半夜驚醒，他都懷疑這是不是一場夢。夢醒之後，他就又回到了曾經那個吃人的泥潭，任憑他如何掙扎也爬不出來。

直到此刻。

表演完跨年舞臺，在粉絲的歡呼中退場，距離十二點還有不到兩個小時。ＩＤ團說要去吃火鍋慶祝跨年。

火鍋店的窗正對著大廈上的時鐘。

快到十二點的時候，大家端著酒杯站到窗邊，看著那個巨大的時鐘開始倒數計時。

ＩＤ團一如既往吵吵鬧鬧，聲音順著夜風飄出去好遠：「十、九、八、七……三、二、一！In Dream！新年快樂！前途無量！乾杯！」

到處傳來歡呼的聲音。

他第一次跟著這麼多人一起跨年。

口袋裡的手機震動起來。

他意有所感，拿出來一看，果然是許摘星打過來的。

他笑了下，接通電話：「喂？」

聽筒裡少女聲音雀躍：『哥哥，你往下看！』

往下？

火鍋店在三樓，樓下就是停車場。

岑風將擠在窗邊的ＩＤ團往旁邊推了推，探出身子往下看。

樓下空曠的場地上，蠟燭燃起了一個大大的愛心，愛心裡面又擺了一個「風」字。少女穿著紅色的裙子，就站在「風」字的頭頭上。

小小的身影仰著頭朝他揮揮手，他聽到她開心地大喊：『哥哥，新年快樂，我愛你！』

這一年，他聽到了多少次我愛你呢？

很多很多，多到他自己都記不清了。每一次舞臺、每一次活動，都能聽見她們熱情似火地大喊我愛你。

她也一樣，總是用這種直白又熾熱的方式，表達對他的愛意。她一直在努力，讓他感受到被這個世界深愛。

她做到了。

就在這一刻，就在他看見蠟燭橙色的光將她包圍，而她在中間朝他揮手時，心中最後一絲對於這世界的恐懼，也消散了。

這不是夢。

這世界是真的，重新拽在手中的夢想是真的，愛是真的。

她是真的。

他笑起來，朝她揮揮手：「新年快樂，要不要上來吃火鍋？」

收到他的回應，她在下面跳得更興奮了，開心地說：『不來啦，等你看完了我還要把這些蠟燭收走，停車場的大爺一直盯著我呢！』

岑風說：「那妳等一等，我拍張照。」

他拿下手機，點開鏡頭，對準下面的愛心蠟燭拍了起來。

ＩＤ團乾完杯，見隊長趴在窗臺上奇怪地對著下面拍拍拍，都湊過來看。不看不知道，一看嚇一跳，施燃大叫：「我靠隊長！你的粉絲在下面跟你告白！」

這裡三層樓高，又隔著朦朧夜色，大家都看不太清楚站在下面的人是誰。

只有辰星騎士團三個人覺得這身形看起來有點像大小姐。

我靠？大小姐？

應栩澤驚得眼珠子都瞪大了，又驚恐地往下看了一眼，趕緊把腦子縮了回來。

我什麼都沒看到！

岑風拍完照，把身邊圍觀的幾個腦袋全部按了回去，然後將手機放在耳邊：「拍好了。」

她的聲音雀躍：『那我收蠟燭啦，哥哥再見！』

掛了電話，下面的小身影果然忙忙碌碌收起蠟燭。岑風看了兩眼，轉身關上窗，拿起外套和帽子往外走。

施燃還纏著伏興言喝交杯酒，見狀扭著脖子大喊：「風哥你去哪啊？」

被應栩澤一巴掌按了回來：「關你屁事！快喝！」

岑風穿好外套戴好帽子，將拉鍊拉到最上面，低頭時，整張臉藏進衣領裡。他坐電梯下樓，往停車場走去。

過去的時候，蠟燭已經滅了，許摘星蹲在中間，手裡拿了個塑膠袋，正一個一個往袋子裡撿，嘴裡還哼著他的歌〈The Fight〉。

雖然一句都沒在調上，但聽起來怪可愛的。

許摘星撿完面前的蠟燭，又原地轉了個圈圈撿身後的，這才看見幾步之外的愛豆。

她蹭一下站起來，眼睛笑彎了：「哥哥，你怎麼下來啦？外面好冷的！」

岑風走過去，「妳不冷嗎？」

說著話，俯身把蠟燭撿起來，放進她手上的袋子裡。

許摘星開心地搖頭晃腦：「我不冷！我的本體是小太陽！」

她蹲下身和愛豆一起撿蠟燭，聞到他外套上沾染的火鍋味，忍不住笑起來：「哥哥，你聞起來好香啊，好想咬一口。」

岑風手一頓，低聲重複她的話：「咬一口？」

許摘星：！！！

這說慣了騷話的嘴怎麼在正主面前也這麼不受控呢！內心慌亂，面上還裝得一派天真無邪：「火鍋味的哥哥肯定很好吃！」

岑風：「……」

撿完蠟燭，許摘星指了指不遠處的停車場，「哥哥，我的車停在那裡。你快上去吧，外面冷。」

岑風往夜色裡看了兩眼，突然說：「今晚胃口不好，不太想吃火鍋。」

許摘星一下子緊張了：「啊？胃難受嗎？要不要去醫院看看？你最近是不是沒有按時吃飯啊？」

他搖搖頭：「不難受，只是比起火鍋，更想喝點家裡煲的粥。」

許摘星當機立斷：「去我家！我熬粥給你喝！」

岑風泰然一笑：「好。」

兩人一同朝車位走去，走到瑪莎拉蒂旁邊時，許摘星幫他拉開駕駛座後排的車門，「哥哥，你坐這！這裡最安全！」

結果岑風說：「我開吧。」

自己就要坐上人生第一次愛豆開的車了嗎！許摘星激動得心神蕩漾，乖乖點了點頭，然後爬上副駕駛座。

岑風上車繫好安全帶，明知故問：「不坐最安全的位子嗎？」

許摘星：安全哪比得上欣賞愛豆開車的帥氣重要！

她拉過安全帶，一邊偷看一邊支吾：「我要在前面幫你指路嘛。」

岑風笑了一下，發動車子，單手旋轉方向盤將車子倒出來，然後回轉朝出口開去。明明是很簡單很尋常的動作，可是他做出來，就是多了別人沒有的帥氣。

許摘星簡直看得雙眼冒粉色泡泡，忍不住捂心口。

突然想到，公司最近有一個影視案子，是以賽車為主題，愛豆好合適那個冷漠不羈的男主角哦！

可！

明天就讓吳志雲去談！

岑風開車多年，又在機修店待了那麼久，車開得特別穩。該快的時候絕不馬虎，該慢的時候也絕不爭搶，許摘星覺得自己這輛瑪莎拉蒂在他手上才發揮出跑車真正的價值。

唉，好想直接送給愛豆哦。

不！許摘星！妳冷靜一點！不可以用錢侮辱他！

給資源就好了！讓他自己去賺才更有意義！

岑風並不知道身邊的少女內心戲這麼多，他平穩地把車開進車庫，停到許摘星租的車位上。

「到了。」

許摘星回過神，驚訝極了：「哥哥你居然記得我的車位？」只來了一次，這記憶力也太好吧？

岑風解開安全帶，偏頭朝她笑了下：「嗯，下車吧。」

到家的時候已經是淩晨。

許摘星打開燈，把大開的窗戶關上，又倒了一杯熱水給愛豆，然後火急火燎地跑去廚房熬粥了。進去之前還嚴肅地交代：「這次你不准進來！」

岑風笑著說好。

暖氣漸漸讓整個屋子暖和起來，他站在落地窗邊看一下夜景，又走回沙發坐下，翻了翻茶几上的雜誌。

他拍封面的那幾本都有，看頁面的磨損程度，應該是翻來覆去看過。

唇角忍不住彎起來。

熬粥是個慢活，許摘星為了不讓愛豆等，沒有選擇小火慢熬，而是用高壓鍋直接煮。米裡摻了些綠豆，蓋上蓋子後不到二十分鐘就好了。

她還炒了個小白菜，切了一點點尤桃買回來麻辣蘿蔔乾。擔心綠豆粥太燙，還把粥舀在大碗裡，把碗放在水裡冰了冰。

開開心心端菜出來的時候，才發現愛豆半倚在沙發上睡著了。

她知道他這些天很累。

又要彩排，又要專輯宣傳，今晚還跨年直播。她之前跟吳志雲說過，不要幫他安排那麼多行程，但吳志雲說，這都是他自己要求的。

看愛豆靠著沙發撐著頭睡著的模樣，許摘星真是心疼得一抽一抽的。

她輕手輕腳把飯菜端上桌，然後走到沙發旁邊打算叫醒他。

蹲到他身邊時，看到他疲憊的睡顏，又捨不得了。

他睡得並不安穩，垂在眼瞼的睫毛微微地顫，呼吸也時快時慢。

許摘星仰著小腦袋屏氣凝神，偷看愛豆的睡顏，忍不住想，這個人是睫毛精變的嗎，睫毛怎麼能這麼長這麼密，像把小扇子一樣。

唇形也好好看，唇色微微的淡，像玫瑰由深開到淺，柔軟又漂亮。

她好喜歡他啊。

拿全世界她都不換。

不知道過去多久，岑風突然睜開了眼。一瞬間的茫然之後，視線對上了焦，看進她眼底。

他薄唇微動，尾音帶著一絲啞：「許摘星，妳在做什麼？」

許摘星：？

我在做什麼？

許摘星低頭看自己。

發現她的兩隻爪子不知道什麼時候搭在愛豆的腰上，整個人已經湊到他面前，就快要親上他的臉。

我靠？？？！！！

許摘星驚恐到瞳孔放大，猛地朝後一仰，整個人吧唧一下摔坐在地，屁股蹭著地板連連後退，一直退到客廳中央，才一副快哭出來的樣子開口：「哥哥對不起！我剛才一定是被什麼鬼東西附身了！」

她根本沒印象自己是什麼時候湊上去的！

難道是這具身體的本能反應？

她饞愛豆的身子已經饞到這種地步了？

蒼天啊！我什麼時候變得這麼喪心病狂了啊！

岑風眼神複雜地看著她。

許摘星真的快哭了：「哥哥求你不要告我性騷擾嗚嗚嗚，我只是一時沒有把持住，我還什麼都沒來得及做嗚嗚嗚。」

岑風：「……」

心情更複雜了。

要是剛才晚一下子醒過來就好了。

他坐直身子，起身朝她走過去。

許摘星屁股蹭著地板往後躲，岑風有點頭疼地頓住腳步：「起來吧。」

女孩滿臉潮紅地看著他：「哥哥，你不生氣嗎？」

他「嗯」了一聲，往前走了兩步，半蹲下身子，朝她伸出手。

許摘星吞了口口水，慢騰騰抓住他的手腕，借力爬了起來。岑風看到她從耳根子紅到了後脖頸。

他有點想笑，假裝沒發現她閃躲的視線，走到餐桌邊坐下。綠豆粥和小白菜散發著可口的香味，他拿起筷子，抬頭問遠遠站著的許摘星：「一起吃嗎？」

許摘星連連搖頭。

他淺聲說：「我不喜歡一個人吃飯。」

許摘星一聽，立刻跑到廚房拿了一個碗，舀了半碗粥，噠噠噠跑出來坐在他對面。

但全程埋著頭，幾乎不敢看他。

吃完飯，又埋著頭噠噠跑回廚房洗碗去了。

岑風站在客廳看著廚房裡忙忙碌碌的身影，忍不住思考，現在再繼續裝睡一次，還有沒有機會。

許摘星洗完碗出來，看到愛豆站在巨大的落地窗邊。熱鬧的跨年夜晚漸漸沉寂下來，窗外只剩下靜靜閃爍的霓虹和風聲。

她在衣角上蹭了蹭手，慢騰騰挪過去，小聲問：「哥哥，你在看什麼？」

他沒有回頭，只是笑了一下：「這裡的夜景很好看。」

許摘星聽聞此話，馬上跑回去搬了把椅子過來，「哥哥，你坐著看！想看多久都可以！」

岑風忍不住笑意，轉頭看了牆上的時鐘一眼，低聲說：「我要回去了。」

雖然許摘星挺想讓愛豆就在這裡過夜的，畢竟這麼晚還要跑來跑去實在不利於他休息。但這麼說，感覺歧義太大，而且她剛才還情不自禁鑄下大錯，現在要是再這麼提議，愛豆就要真的懷疑她居心不良了。

她只能點頭：「嗯嗯嗯，讓桃子姐姐來接你吧！」

岑風剛才已經提前傳了訊息給尤桃，現在應該也快到了。他穿好外套，許摘星依依不捨把他送到玄關處，叮囑他：「哥哥你回去好好休息，專輯宣傳交給公司就好了，不要擔心！」

他戴好帽子，眼睛隱在陰影裡，低聲說好。快要開門時，又回頭跟她說：「綠豆粥很好吃。」

許摘星笑彎了眼：「下次再做給你吃！」

岑風笑著朝她揮了下手。

他不讓她送出去，坐電梯到車庫上了車後，才傳了訊息給她：『我上車了，早點休息。』

許摘星回了一個小貓連連點頭配字「好的」的貼圖。

她的貼圖總是又多又好玩，每次傳給他都不重複，岑風覺得讓她不打字直接用梗圖、貼圖聊天應該也沒問題。

度過跨年之夜，天亮之後的第一個早晨，迎來了首專的發行。

早上十點，各大音樂平臺上架了《It's me》的數位專輯，各大網路平臺上架了《It's me》的實體專輯。辰星的宣傳鋪天蓋地，隨便打開一個APP，都是《It's me》的宣傳海報。

風箏們期待已久，錢包早已按捺不住，紛紛湧入購買，先下單個幾十張數位專輯，再下單個十幾張實體專輯，什麼都別說，買就對了！

許摘星一向是個愛睡懶覺的人，也提前十分鐘設好鬧鐘，十點一到就捧著手機尖叫著進入購買頁面，數位專輯先來個五千張！實體專輯再來個一千張！

然後送！送員工、送親友、送同學、送許延！

周明昱的分組在同學，於是也收到了十張數位專輯。

周明昱：『誰要妳送的？我不會自己買嗎？』

圖片：一百張數專購買截圖。

許摘星：『……』

趙津津：『……好的，我懂了，我等等忙完了就去買。』

以前還說大小姐不追星，現在才知道什麼叫小追見大追。

許延：『……』

用自家公司賺的錢，買自家公司出的專輯，千金散盡還復來，好像也沒什麼不對。

除了粉絲之外，一直盯著岑風的黑粉也紛紛貢獻了一張的銷量。

沒錯！我們就是要看看他半年就出的這張原創專輯到底有多垃圾！然後我們要使勁地嘲諷他！拉踩他！黑死他！

結果打開一看。

傻眼了。

專輯收錄的十首歌風格多元，包含了搖滾、說唱、R&B、古典，每一首的品質都不輸給他那首被全網大加讚賞的〈The Fight〉。

音樂製作那一欄，作曲是岑風，編舞是岑風，演唱是岑風。

十首歌其中有七首都有編舞，有的是他獨立編舞，有的是跟鳳凰社合作，舞蹈賞心悅目，每一個拿出來都是可以引爆舞臺的存在。

黑粉們一首、一首聽下來，一個MV、一個MV看下來，看完之後……

黑粉：啊啊啊啊啊啊啊黑轉粉了！

那些一直盯著專輯上線，連黑嘲通告都準備好的對家公司，在聽到這張專輯之後，灰溜溜地撤了通告。

風箏：實力，是你永遠都不要想黑的點。

《It's me》上線一個小時就霸占了各大音樂平臺的總銷售榜的第一名，數專銷售量突破一百萬，各大網店實專銷售量突破十萬，而這個數據還在持續增長。

#岑風首專登頂銷量第一#的關鍵字也上了熱搜第一，感興趣的路人點開網址買一、兩首來聽聽看，不感興趣的在看到那個官方資料時也不得不感嘆他的人氣和號召力。

一舉定乾坤，再也沒有用實力和作品說話更具說服力的了。

風箏們的購買狂歡持續了很多天，愛豆的首張專輯必須要有漂亮的成績，而且這張專輯的品質也值得這個成績。

在繼銷量登頂第一後，各大音樂榜單也相繼占領高地，常年霸榜的〈The Fight〉終於從王位下來，風箏們把專輯中的主打曲投上了第一。

網友們在羨慕岑風的人氣同時，對於辰星的宣傳也是真的服氣，紛紛湧到自己愛豆的公司下面進行辱罵：『看看人家辰星！再看看你們！造星不如人家，宣傳不如人家，早點倒閉放我們愛豆自由好嗎！』

就在風箏們美滋滋聽歌打榜做資料的時候，有個一向對岑風不掩欣賞的行銷號發了文。

——@娛樂星八卦：『驚人發現，岑風首專《It's me》裡所有MV中穿的服裝全部都是高級訂製款。這無與倫比的時尚資源，我替大家羨慕了。』

配圖是MV截圖和秀臺模特兒的對比。

風箏們大多沉浸在歌曲舞蹈和顏值上，沒注意穿著，被行銷號這麼一提醒，才連忙細看，這麼一看，愛豆在MV裡的造型，也是非常好看，而且風格跟他當年在少偶公演的時候有些接近。

風箏：此事除了許摘星，不作第二人想。

#岑風穿高訂拍MV#又喜提熱搜。

許摘星的名字再一次進入大眾視野。

這下子大家都不驚訝了，除了羨慕還是羨慕。

許摘星自從粉籍暴露後，也沒再藏著掖著，有時候岑風發了什麼廣告貼文，她也會分享，利用自己的關注度幫愛豆宣傳宣傳。

她最新一則貼文是分享一月一號岑風發的專輯宣傳文，她分享說：『只要你買了《It's me》，我們就是朋友。』

不少喜歡嬋娟小裙子的網友路人還真的買了，在留言裡曬訂單說：『從今天開始我就是許師的朋友了！』

跟她關係比較好的幾個時尚圈的朋友，比如安南這種，也分享了她的貼文，幫她宣傳。有些藝人或者模特兒為了討好許摘星，紛紛下單買專輯，分享曬截圖。

許摘星僅憑一人之力就帶動了一部分專輯銷量，風箏們都快愛死她了。

無比羨慕的網友們在她留言裡問：『許師，考慮換愛豆嗎！看看我家孩子吧！』

許摘星高冷地回了三個字：『不考慮。』

風箏：『不准撬我家大佬粉絲的牆角！獨唯！走開！』

上次被辰星公關部打壓下去的CP粉消匿了一段時間，這麼一鬧又紛紛賊心不死地冒了頭。

『我不管！辰星給我鎖死！鎖死！』

『求求你們看看大佬粉絲X神仙愛豆的這對CP吧，不好吃嗎？不香嗎？』

『對不起，我有點想吃了……』

『聽說許摘星很漂亮QAQ我腦海裡已經有畫面了。』

『這麼漂亮又有實力的小姐姐為什麼辣麼低調，連每年的嬋娟秀都不露面，我想嗑個同框糖都嗑不到。』

『上升期愛豆，還是別嗑CP了吧，影響前途。』

『唉，他家粉絲佛得很，只堅持「愛豆不離開舞臺就好了」這一個原則。我懷疑如果他家愛豆說談戀愛就不退圈，她們會舉雙手贊成愛豆談戀愛。』

風箏們……敲你媽QAQ，被看穿了。

岑風專輯銷量這麼好，許摘星一鼓作氣，趁機又幫愛豆拿了兩個代言。

一個是高端運動品牌的亞洲代言人，一個是QVVQ手機的新品代言人。這兩個品牌都是很多男藝人在搶的代言，許摘星元旦一結束就親自上陣，跟雙方磨了好幾天，才終於磨下來。

吳志雲把代言合約交給岑風的時候，他自己都有些驚訝。

這兩個代言可不是什麼隨隨便便的品牌，高端運動品牌市面上就那麼幾個，每年的代言名額也夠圈內搶。手機就更別說了，國民品牌，上至首都大城市，下至鄉村小城鎮，宣傳一鋪那就是實打實的全國宣傳。

吳志雲見他微微皺眉的神情，樂了：「怎麼？擔心有詐啊？」

岑風搖了下頭，頓了一下才抬頭問：「這些資源怎麼來的？」

吳志雲面不改色心不跳：「還能怎麼來，我幫你搶來的唄，記得請哥吃飯啊。」

他話說得輕鬆，岑風心裡儘管疑惑，也沒有再深究。畢竟合約是真的，各項條款也沒有占他便宜，他現在有了往上走的心思，自然不會拒絕。

簽完兩份單人代言，吳志雲又拿出一份團隊代言。是最近公司幫ＩＤ團談下來的一個洗髮精的廣告，也讓他一起簽了。

簽完合約，吳志雲美滋滋地收起來，跟他交代了拍攝代言廣告的時間，岑風一一應了，都打算走了，他突然又說：「哦對了，還有個事。」

岑風轉頭看著他。

吳志遠樂呵呵的：「最近公司在籌備一個影視劇，以賽車為主題的現代偶像劇，男主角是個賽車手，我覺得你的形象挺適合那個角色的，怎麼樣，有沒有興趣？」

岑風：「……」

資源未免太過好了。

吳志雲被他的眼神盯得發毛。

過了半天才聽見他說：「不了，我目前只想把精力放在音樂和舞臺上。」

吳志雲有點遺憾，畢竟影視劇比起做音樂更加容易走紅，不過他都這麼說了，秉承著大小姐交代的不勉強原則，還是應了：「那行，影視這塊我暫時不幫你接洽了。過段時間有個慈善晚會，我幫你談下來吧。」

岑風點了點頭。

第七章　神仙CP

接下來幾天就是拍代言。

可能是元旦那天晚上色令智昏惹得禍，許摘星有一段時間不敢出現在愛豆的視線裡，連ＩＤ團拍洗髮精代言的造型都是讓另外兩個老師去做的。

自己則每天躺在柔軟的大沙發上，抱著愛豆的專輯翻來覆去地看。

嗚，好帥哦。

跳舞好帥，唱歌好帥，笑的時候帥，不笑的時候也帥。哪哪都好看，簡直是長在她審美上的男人。

許摘星哭唧唧去群組裡跟自己的追星小姐妹訴苦。

若若：『嗚嗚嗚他好帥，我好心動，是戀愛的感覺QAQ，對不起我墮落了。』

小七：『試問哪個凡人能扛得住神仙的美顏暴擊？我們懂妳。』

阿花：『我記得若若以前是媽粉。』

若若：『……實在是慚愧。』

阿風媽：『唉，誰還沒媽過呢，不就是在媽不媽和硬不硬之間來回橫跳嗎？』

箐箐：『若若這種顏值都扛不住，我更扛不住，已經在女友粉的坑底躺平了。』

小七：『對，若若，別掙扎了，接受自己的新身分，重新定義對哥哥的愛吧，妳的顏值值得！』

若若：『……』

（安詳 .GIF）

俗話說躲得過初一，躲不過十五，團體代言許摘星沒去，輪到愛豆的個人代言時，自己不經手就不放心的毛病又犯了。

於是岑風終於在化妝間看到了好久不見的許摘星。

看見裡面忙忙碌碌準備化妝工具的纖細身影時，他總是淡漠的眼裡才溢出一些笑意，走過去坐下後問她：「最近在忙什麼？」

許摘星一本正經：「幫你打榜做數據呀！」

岑風有點無奈：「怎麼又做那些。」

許摘星嚴肅道：「哥哥，記住我跟你說過的話，一切白嫖行為都是可恥的！」她拿出粉撲在手背上撣了撣：「而且太子就要有太子的地位，氣勢不能弱！」

岑風：「……太子是誰？」

「就是你的首張專輯嘛。」在愛豆困惑的眼神中，許摘星開始一邊上妝一邊跟他普及飯圈用語。

最後還誇愛豆：「大家都說你一胎生了十個，超級厲害呢！」

岑風：「……」

彷彿開啟一道新世界的大門。

許摘星覺得愛豆迷茫的表情真是太好玩了，逗他開心的事她最喜歡做了，於是又把拚音縮寫講一遍，通通傳授給他！

岑風果然聽得忍不住笑。

他一笑，她就開心到不行。

快結束的時候，許摘星的手機響起來，她本來笑吟吟的神情在看到來電顯示的時候凝了一下，岑風聽到她說：「哥哥，你在這等我一下，我出去接個電話。」

岑風沒注意她臉色的變化，點點頭。

她拿著手機走了出去，一直走到走廊盡頭的洗手間門口，才接通：「喂。」

那頭傳來沉穩的男聲：『大小姐，查到消息了。』

許摘星心尖一抖：「說。」

對面道：『妳要找的那個人四年前就已經出獄了，現在住在C市一個鎮上。之前我們一直把精力放在監獄那邊，沒想到他早就出獄了，還是最近他向當地政府申報貧困補助，才讓我們的人察覺到了。』

四年前就出獄了。

怎麼會這麼早……

許摘星清楚記得，岑風的父親是在他自殺那年才再次出現在他的生活中，依照這種貪得無厭的性格，肯定是一知道兒子當了明星就會立刻上門要錢的人。

她便一直以為他是那一年前後才出的獄，可沒想到居然會這麼早。

那唯一的可能，便是他出獄後那幾年並不知道兒子的消息，直到岑風自殺那年，名氣漸長，被他發現後，才找上門去。

那按照現在的情況，當年發生的事，豈不是很快就要重現了？

畢竟岑風如今的名氣，可比當年紅太多了啊。

可能小鎮耳目閉塞，娛樂資訊不發達，所以那人現在暫時沒有察覺，可隨著岑風名氣的增大，這是無可避免的。

許摘星一瞬間覺得像踩在火炭之上，焦躁得不知道該怎麼辦才好了。

但也只是一瞬間，她很快冷靜下來。

哥哥只有我了。

這句話在飯圈流傳已久的話，大多帶著玩笑的含義，在路人看來甚至有些可笑。

可在這裡，是真的。

他只有她了。

知道他的過去和未來，知道他將要經歷什麼，而唯一能杜絕這些黑暗和傷害的，只有她。

她費盡心思為他創造一個娛樂帝國，她好不容易讓他被溫暖的橙光包圍。她那麼那麼努力，才終於讓他的眼神重新溫暖起來，讓他臉上重新有了笑。

不能被這個跟他流著相同血脈的人渣毀掉。

那頭見她遲遲不說話，遲疑喊道：『大小姐？』

許摘星深吸一口氣，冷靜道：「接下來繼續監視他的一舉一動，不要暴露你們的行跡，他一旦有任何異動，第一時間告訴我。把你們最近收集的詳細資訊整理一下，寄到我信箱。」

對面應聲說好。

掛了電話，許摘星才發現自己冒了一身冷汗，連手指都在顫抖。

在聽到當年那個成為殺害他的最後一根稻草的消息時，她不由自主回想起當時得知他死亡的痛苦。

用生不如死來形容也不為過了。

每一個夜裡，疼到發抖，痛到崩潰，流盡了眼淚，第二天還要裝作無事人的樣子去上班、去生活、去笑。

那樣的日子，到底是怎麼熬過來，現在都不敢回想半分。

她恨這個沒有他的世界，更恨自己的無能為力。

腦袋突然被人從後摸了摸。那力道很輕，掌心溫熱，一下子將她從剛才的撕扯中拉了出來。

許摘星回過頭。

岑風就站在她身後，眉眼微皺，滿是擔憂，低聲問她：「怎麼了？」

他還活著。

這樣好好地活在這世上。

會動，會笑，會說話。

岑風看見眼前的少女眼眶一紅，猛地伸手抱住了他。

這是她第一次主動和他親密接觸。

纖弱的手臂環過他的腰，整個人貼在他胸口，像是生怕他原地消失了一樣，手臂越收越緊，然後埋在他的懷裡嗚嗚哭了起來。

像要把他的心哭碎了一樣。

他不知所措，從來沒有這樣難受過，好半天，才僵硬地抬起手，輕輕回抱住她，手掌撫過她的後腦勺，啞聲說：「乖啊，沒事了。」

他連安慰人都不會。

只能溫柔地環抱她。

半晌，聽到她哽咽著說：「哥哥，你不要怕，我保護你。」

她發誓，這一次就算是拚上性命，也會好好保護他。永遠永遠，不要再經歷一次失去他的痛苦。

岑風又心疼又好笑：「好，我不怕。」

許摘星鬆開手，用手背蹭蹭眼睛，離開他的懷抱。就算是這樣難過的境地，也在心底理智地提醒自己不要占愛豆便宜。

岑風俯下身，大拇指揩過她睫毛上的淚珠，低聲問：「發生什麼事了？」

她抿著嘴搖頭，悶著聲音說：「沒什麼……就是，就是突然有點擔心你離開。」

岑風的手指顫了一下。

心臟彷彿碎成了一片一片。

好半天，他輕輕摸摸她的頭，笑著說：「我不會離開。妳在這裡，我哪都不去。」

她水汪汪的眼睛目不轉睛地看著他，表情有點呆呆的，像在努力理解他的話。

走廊後傳來工作人員的聲音：「準備開機了，欸？人呢？」

岑風回過頭去：「在這裡，馬上過來。」

工作人員道：「哦哦，快點啊，導演在催了。」

許摘星這才猛然反應過來愛豆的造型還沒做完，差點跳起來，急忙把岑風往前推：「快快快哥哥！頭髮還沒搞完！」

最後許摘星踩著時間點做完造型，趕在導演催人前把愛豆帶到拍攝現場。

代言一共有三個短片，一拍就是一整天。等岑風晚上收工結束，許摘星早就走了，只是在休息室留了一盒提拉米蘇給他。

他打開吃了一口，像她一樣，又軟又甜。

拍完代言，接下來最重要的行程就是不久之後的明星慈善晚會了。

因為岑風首張專輯驚人的銷量數據，奠定了他在圈內的地位，吳志雲幫他談這個晚會的出席名額時，輕而易舉就談了下來。

明星慈善晚會是圈內含金量很高的活動，出席的嘉賓咖位身分都不低，明星彙集不說，募捐的善款每年都會幫助到很多人，在國內享有盛名。

不久之前慈善晚會公布了擬邀名單，照常還是每年那些舊面孔，但今年依舊增加了不少新人，其中最惹人注目的就是岑風和許摘星。

岑風大家並不意外，畢竟是去年爆火的紫微星，如今已經是圈內舉重若輕的頂流。但許摘星確實有點令人意外了。

畢竟晚會一向只邀請臺前藝人，很少會邀請幕後。

有關。

慈善晚會今年會突然向嬋娟的設計師遞橄欖枝，應該也是因為那幾次跟岑風綁定上熱搜

嬋娟以前在大眾眼裡只是一個奢侈品牌，對背後的設計師知之甚少，但現在許摘星這個名字也算是帶著幾分流量和熱度了，一有風吹草動就會上熱搜的存在。

名單公布之後網友們還挺感興趣的，畢竟一直聽說許摘星本人長得很漂亮，大家都想一睹芳容。而且近距離觀看大佬粉絲和神仙愛豆的接觸，想想就好激動！

更激動的是當屬辰星CP粉，他們即將迎來首個同框了嗎！要發糖了嗎！

風箏們也有點激動，神仙粉絲到底是什麼樣的人，她們也很好奇啊！

甚至有網友跑到慈善晚會的官方帳號下面留言，希望主辦方能安排許摘星和岑風一起攜手走紅毯！

本來還在糾結到底要不要去的許摘星看到留言後——走什麼紅毯，不去了。

許摘星拒絕慈善晚會之後，主辦方還不死心地又來邀請了兩次，都被她義正言辭地回絕了，回覆對方說：人不到，但錢會到。

然後轉了兩百萬給慈善帳戶。

主辦方也就沒話說了。

沒過多久，官方正式公布了晚會出席名單，網友一看，草尼瑪，沒有許摘星，耍我們玩呢？

網友和辰星CP粉憤憤不平，風箏們看到這個消息倒是還有點小竊喜，之前看到網友都在起鬨攜手走紅毯，還真的擔心主辦方為了熱度這麼安排。

畢竟她們喜歡許摘星是一回事，但希望愛豆獨自美麗又是一回事。

現在許摘星拒絕邀約，避免跟岑風同框，減少了很多不必要的緋聞和謠言，風箏們對她的好感又蹭蹭蹭上升了不少，開始安安心心準備晚會應援。

嘉賓名單公布後，官方開始線上上拍賣這次的明星捐贈物了。這也是每年一項重要環節，所有拍賣款都將用於貧困山區兒童的教育資助。

拍賣的物品一般都是明星自己的私有物，粉絲很買單，每年可以籌集到一大筆善款。

今年的拍賣品上線後，大家照常去圍觀，然後發現岑風捐贈的是一個機器人。跟人等比例大小，機甲泛著冰冷的光，外形又酷又帥。

下面的介紹寫著，這是由岑風親手組裝的格鬥機器人，高一百八十公分，重二十公斤，可遙控操作，格鬥技能多樣，還可以翻跟斗。

網友：？？？？？？

粉絲：？？？？？？

你好，投稿，愛豆迷惑行為大賞。

別人家的愛豆拍賣的都是什麼自己戴過的奢侈品首飾，穿過的高級訂製裙子，用過的古董茶壺，或者什麼具有觀賞性實用性的東西。

為什麼我們家愛豆給的是機器人？還他媽一百八十公分高二十公斤重，搬的時候是想累死誰？

格鬥技能是幹什麼的？我平時在家跟它對打嗎？

還有翻跟斗是什麼鬼啊！一個一百八十公分的機器人在家裡翻個跟斗，是想把房頂蹬穿嗎？

這麼大個機器人放在家裡，挪又不好挪，占地方不說，半夜出來上廁所乍一看怕是要被嚇死。

風箏們集體沉默了。

八卦網友一路把岑風哈上了熱搜。

#岑風捐贈格鬥機器人#喜提熱搜，不明所以的路人們一看，也是笑個半死，笑完之後又不吝誇獎：這個人真的是名副其實的機械大佬啊！

親手組裝機器人什麼的，也太酷了吧！這個人性格酷酷的，做事酷酷的，跳舞酷酷的，興趣愛好也酷酷的！

啊，什麼絕世酷蓋！

正當外行網友們哈哈看八卦的時候，社群認證為「第七屆格鬥機器人大賽冠軍」的用戶葉明達發了篇長文，對岑風組裝的這款格鬥機器人表達了極其狂熱的讚揚和喜愛，並在最後下結論說，這款頂級作品放在他們圈子內，絕對是排名前五的存在。

他在社群裡詢問網友，該怎麼參與拍賣，這款機器人他勢在必得！

葉明達從小就是個機器人狂熱者，在機器人圈也十分有名，他一發文，頓時引來了機器人圈內大佬的關注。

還以為是圈內新秀，結果一看，居然是娛樂圈的明星？

現在的明星，這麼不務正業的嗎？

岑風這款作品引起機器人圈集體高潮，大家紛紛表示，我們也要參與拍賣！然後原本拍賣價墊底的格鬥機器人，突然一夜之間飆到第三。

第一是蘇野收藏的一個古董花瓶，第二是趙津津出席紅毯穿過的訂製裙子。

風箏們雖然有點嫌棄這個機器人，但畢竟是愛豆親手組裝的，還是努力參與拍賣，但投入都不大就是了。數據王道的時代，她們還是更願意把資金投到專輯打榜上去。

結果睡了一覺起來，發現拍賣榜上愛豆不受待見的機器人居然已經拍到八十萬了？

發生什麼事？我們家的壕粉出手了？

這時候行銷號也終於發現了機器人圈的狂歡，這個平時的冷門圈子被行銷號一截圖一轉發，很快引起廣大八卦路人的關注。

網友：我靠？岑風這機器人這麼厲害？

粉絲：我靠？被我們嫌棄的愛豆的機器人這麼厲害？

#岑風機械大佬#又上了熱搜，很多網友都在說路轉粉，拉高了不少路人觀感，可見掌握一門高端技術對人格魅力的提升有多重要。

風圈又開始了新一天的日常「吹風」。

我狂吹！我愛豆！機械大佬！得意插腰！

吹著吹著，有個大粉說：『還高興呢，照這個趨勢發展下去，說不定哪天就退圈跑去搞機械了。』

風箏：「……」

你媽啊！

整個粉絲社群再次集體陷入沉默。

追風實慘。

自閉了，手動微笑。

機器人的拍賣還在繼續，一直到拍賣時間截止那天，已經高達一百三十萬，葉明達發了文：『沒人再加了吧？那我就不客氣了。』

下一分鐘，機器人拍賣價直接翻到兩百萬。

葉明達：？？？？

網友：我靠？

風箏：……

土豪的世界，我們不懂。

最終這款格鬥機器人以兩百萬的價格成交，葉明達在朋友圈和社群問了一圈，也沒找到到底是哪位同好搶了自己的心頭好。

辰星會議室內，許摘星拿手機把自己的收貨地址傳給拍賣主辦方，然後收起手機看著下方的一眾員工：「我們繼續說回這個市場占有份額。」

事了拂衣去，深藏功與名。

機器人拍賣事件被娛樂圈的八卦群眾津津樂道了很久，畢竟用兩百萬買一款沒什麼用途的機器人還是過於土豪了，而且從葉明達的發文來看，這還不是他們機器圈的人幹的。

紛紛感嘆，風圈實壕啊。

然而風圈現在全員自閉中。

每天都在求神拜佛轉錦鯉，祈求愛豆不要退圈。

別家粉絲偶爾路過粉絲社群點進來看一看，被充斥整個社群的迷信氣氛驚呆了。

這到底是頂流的粉絲還是什麼神婆組織啊？

黑粉：檢舉！岑風粉絲搞封建迷信！

拍賣環節結束後，就要準備正式的慈善晚會了。晚會群星彙聚，流量不少，門票之爭又是一場硬仗。

這次主辦方規定不能帶燈牌，但風箏承諾過，有他的地方，就有橙光，都在商量怎麼偷偷把燈牌帶進去。穿裙子綁在大腿上什麼的，只是冬天有點冷……

不過以前去過慈善晚會的粉絲提醒到，最好別帶，因為查的很嚴帶不進去，大家都有點失落。

然後就看見圈內的周邊大佬「你若化成風」發了文。

——@你若化成風：『訂製了小型的應援胸牌，巴掌大小，應該能帶進去。沒有橙海，點點橙光也不錯，要去的來我這打卡，我統計人數訂製，現場憑門票領取。』

煩惱的風箏們開心極了，一窩蜂湧到留言裡舉手打卡。

許摘星統計一下人數，又在統計出來的數字上翻了一倍，以免不夠，然後跟工廠那邊下單了。

晚會前幾天收到了工廠寄來的成品。雖然只有巴掌大小，但畢竟數量多，還是裝了兩個紙箱。許摘星拿了個行李箱才裝完，又把這次的應援手幅裝進去，等到活動當天，拖著箱子出門了。

今天岑風要走紅毯，人已經在化妝間等著，許摘星拖著兩個箱子吭哧吭哧過去的時候，他換好了西裝，坐在化妝檯前玩手遊。

許摘星進來的時候，一手一個箱子，累得氣喘吁吁。

岑風跟尤桃同時走過去，接過她手上的箱子。尤桃問她：「怎麼有兩個箱子啊？什麼東西這麼重？」

許摘星擺了擺手沒回答，把化妝箱推過去：「哥哥，坐過來吧。」

紅毯造型當然要精緻且嚴謹，許摘星正認認真真地化妝，閉著眼的愛豆突然問：「箱子裡裝的是什麼？」

許摘星有點不好意思，支支吾吾半天才說：「你的周邊。」

岑風：「妳做的？」

許摘星：「嗯……」

岑風：「給我一份。」

許摘星差點手抖：「你要這個做什麼？」

愛豆睜開眼瞅了她一眼：「我不可以要嗎？」

當著真主的面給真主周邊真的很羞澀啊！而且手幅上還有她寫的情話啊！

許摘星一不做二不休：「不行，統計了人數的，給了你粉絲就不夠了！」

岑風：「……」

尤桃在旁邊差點笑死，笑完了問她：「那妳等一下坐我們的車一起過去吧？一個人拖著箱子不方便。」

許摘星搖搖頭：「我要提前過去發周邊呢，我開了車的。」

等做完愛豆的造型，時間也到下午三點了，許摘星拿出手機看了看，已經有不少風箏到了現場，正在問她什麼時候到。

她趕緊把化妝箱收拾好，交給尤桃放置，朝岑風揮揮手：「哥哥再見，等一下紅毯見！」然後拖著周邊箱跑了。

車子一路開到場館停車場，許摘星拖著箱子飛奔到場館外。每次活動她都會在外面發周邊，人又長得漂亮，很多風箏都認得她了。

紛紛湧上來：「若若，妳終於來啦！」

「若若，去那邊廣場發吧，那有根旗杆比較顯眼，位置也大。」

於是一群人來到廣場，許摘星照常是先拍照發社群，告訴大家她的位置，然後把行李箱攤在地上，開始憑門票和社群帳號領取周邊。

風箏很有秩序，排好了隊一個一個領，不爭也不搶的，氣氛非常和諧且歡樂。

胸牌巴掌大小，上面是一個「風」字，用的是鈕釦電池，打開之後橙光還是很亮的。許摘星一邊發一邊交代大家：「鈕釦電池不禁用，進場了先別開，等哥哥出場再打開啊。走紅毯的時候用手幅就可以了。」

周邊一直發到五點多，六點鐘紅毯開始，許多粉絲早早就去搶前排了。等許摘星發完周邊把行李箱寄存後再過去的時候，前面已經人山人海了。

她也擠不進去，安心在後排站著，偶爾還是能透過無數顆腦袋的縫隙看到前面的景象。

六點一到，明星準時入場。

人群中開始響起歡呼聲。

到第十七位的時候，輪到了岑風。

一聽到風箏的尖叫，佛系蹲在後排的許摘星趕緊高舉手幅，努力應援。

雖然什麼都看不見。

岑風一路走，風箏一路叫，她聽到前面幾個妹子已經瘋了：「我靠好帥好帥好帥好帥啊啊啊啊！」

走到中段的時候，本來就大的尖叫聲突然更大了。

許摘星再佛也忍不住，努力踮起腳尖往前看：「怎麼了怎麼了怎麼了？」

前面有個風箏激動地回答她：「他停下來了！好像在跟前排的粉絲說什麼！」

許摘星：啊啊啊啊啊啊啊啊啊啊啊我一點也不羨慕！

直到愛豆走過這一段紅毯，走上主持臺的時候，腳尖都快斷了的許摘星才終於遠遠看到站在簽名牆前簽名的愛豆。

他手上好像還拿著什麼東西。

簽完名，走到主持人身邊，工作人員遞上一支麥克風，主持人笑問：「歡迎岑風，今天真的好帥，我們現場的粉絲嗓子都叫破了。」

他禮貌地笑了一下。

主持人：「剛才看你停了下來，找粉絲要了一樣東西，能給我們看看是什麼嗎？」

他低頭看了拿在手上的東西一眼，抬起麥克風：「是我的手幅，做得很漂亮，我很喜歡。」

底下風箏：「啊啊啊啊啊啊啊啊啊啊啊啊啊啊啊啊！」

許摘星：？？？？

有沒有搞錯？我不給你你就找粉絲要？

過分了吧愛豆！

紅毯還沒走完，風圈已經沸騰了。

被愛豆開口要手幅的那位錦鯉風箏高興瘋了，在社群發文。

『啊啊啊啊是我！沒錯是我！哥哥找我要了手幅！啊啊啊啊有生之年！他跟我說話了嗚嗚嗚他的聲音好蘇，笑得好好看我瘋了！謝謝若若的手幅讓哥哥看到我！』

留言下面一片哭泣羨慕，還@許摘星：『@你若化成風，四捨五入等於妳被哥哥翻牌了！』

許摘星的追星小姐妹群組裡也在瘋狂@她。

小七：『@若若，姐妹！被哥哥看中的手幅還有嗎？寄給我一份啊！』

阿花：『@若若，不愧是周邊大佬！竟然吸引了哥哥的目光！』

許摘星：「……」

有苦難言。

紅毯結束，觀眾入場，坐在位子上的風箏們抱著手幅親親呼呼傻笑。愛豆同款手幅，嗚嗚嗚太幸福了。

讓我們好好看看這張手幅的過人之處。

圖是上一次商演的精修圖，很帥！正面「岑風」兩個字橫版排列，字體很好看！旁邊豎版寫的是「你若化成風」的名言「願你永遠做自由自在的風」。

背面是少偶決賽經典的歪頭笑照片，三句文案豎版排列，寫著「你是夜幕星河，月下長歌；你是我們心田開出的那朵最柔軟的花；你是我們此生的信仰與光芒」。

嗚嗚嗚若若是什麼大佬，怎麼能寫出這麼美妙的文案！

若若本人：被他看到我的情話，不想活了……

抱著手幅生無可戀坐在位子上的許摘星正在默默哀嚎，手機突然一震，收到一則訊息。打開一看，是愛豆傳了張圖片過來。

他幫手幅拍了張照，傳給了她。

許摘星：？？？

你什麼意思？你這是在跟我炫耀嗎？

緊接著又蹦過來一則訊息：『周邊很好看。』

許摘星：「……」

算了，自己粉的愛豆，除了寵著，還能怎麼辦？

八點鐘，晚會正式開始，主持人走過前場之後嘉賓就按照節目單進行表演了。風箏們謹記若若的交代，戴著胸牌但是不開，一直到岑風出場的時候，尖叫聲起的同時，觀眾席同時亮起了星星點點的橙光。

攝影機掃過來，滿場都是小小的閃爍著的「風」字，像一閃一閃發光的小星星，特別漂亮，投在大螢幕上，連嘉賓席的明星們都回過頭看。

攝影老師好像也覺得這一幕特別漂亮，給了好幾次特寫。

岑風今晚表演的是他專輯裡的新歌，算是現場首唱首跳，風箏們雖然沒有燈牌，但應援可不弱，一場一場喊下來的鐵嗓，整齊又大聲，光是聽著就覺得壯觀。

岑風的舞臺實體是公認的強，這半年商演下來，大家學聰明了，凡是跟他同類型的男藝人都會儘量避免在他前後出場，因為對比差距實在是慘烈。

等他表演退場，後面緊跟著的是一個女演員的唱歌節目。

愛豆一走，風箏們也收回嗓子安安靜靜坐著開始玩手機。許摘星還在群組裡跟小姐妹們聊天，又收到一則訊息。

岑風：『橙色的小胸牌也是妳做的嗎？』

上天摘星星給你呀：『……是的。』

岑風：『還有嗎？』

上天摘星星給你呀：『有的有的有的！哥哥你別去找粉絲了，她們領點周邊也不容易，回頭我給你。』

愛豆回了一個貓貓點頭的貼圖。

啊，百分百擊中，我被萌死了！

偷貼圖的愛豆也太可愛了吧嗚嗚嗚。

給你給你給你！別說胸牌了命都可以給你啊！

傳完訊息，岑風從舞臺下的ＶＩＰ通道走出來，被工作人員一路領著去了嘉賓席，收了聲的風箏們又開始尖叫，他聽見聲音，抬頭往觀眾席看了一下，然後笑著揮了下手。

尖叫聲差點掀翻屋頂。

等嘉賓表演全部結束，接下來就是主持環節，許摘星也沒怎麼看進去，還是跟以前一樣，注意力都在愛豆的後腦勺上。

人真是一種很奇怪的生物。

明明他們可以經常見面，可以跟他說話聊天，一起吃飯，可她好像從來沒覺得滿足過。

還是無時無刻想看著他，哪怕看上二十四個小時，也不覺得多。哪怕只能看一個後腦勺，也覺得很開心。

她的整顆心，好像被他一個人填滿了。

晚會快結束的時候，一起來現場的小姐妹在群組裡@她：『若若，想吃燒烤還是火鍋？我們現在平票！』

每次活動結束，粉絲都會約著去聚一聚嗨一嗨，好像沒這個環節這一次追活動就不完整似的，許摘星非常果斷地選擇了火鍋。

散場之後，小姐們在檢票口集合。

見到許摘星又是一頓狂搖。

「若若！妳被我哥翻牌了！妳怎麼不爭氣一點擠到前排去！我哥說不定就找妳要了！」

「對啊！讓他看看周邊大佬不僅手幅做得漂亮，人也長得漂亮！還能美化我們在哥哥心中的形象！」

一群人嘻嘻哈哈走到場館外面，活動結束街上到處都是人，車也叫不到。好在許摘星開了車，帶著小姐們去了停車場。

看到那輛黃色的瑪莎拉蒂，小姐妹們驚呆了：「我靠若若，妳居然這麼壕？我圈壕粉名不虛傳！」

許摘星謙虛地笑了。

等大家繫好安全帶坐好，她發動車子倒車掉頭，直奔火鍋店。

小姐妹們都是第一次坐跑車，興奮到不行，要不是街上人多太塞，還想讓她飆一下車。

正說說笑笑的，許摘星放在扶手箱的手機響了，她開著車沒辦法拿手機，讓坐在副駕駛座的小姐妹幫她拿一下。

小姐妹依言拿出來，許摘星問：「誰啊？」

小姐妹：「妳崽，我幫妳開擴音嗎？」

許摘星嚇得差點一個急剎，「別別別！別接！掛了！」

小姐妹有點奇怪地看了她一眼，滑掉了。沒過兩秒，手機又響起來，小姐妹說：「還是妳崽。」

許摘星強裝鎮定：「讓它響！千萬別接！是討債的！」

小姐們：？

開著瑪莎拉蒂的妳還會被討債嗎？

後排的小姐妹好奇地問：「若若，妳崽是誰啊？妳不可能有孩子吧？妳看上去還好小。」

許摘星語無倫次：「……是，是我姪子！」

妳姪子為什麼要向妳討債？

小姐妹們百思不得其解，不過也沒追問了。

好在這一遍過後，就沒有電話再過來，許摘星生怕他又彈個訊息或視訊，哆哆嗦嗦伸出手：「手機給我。」

拿到手機，在小姐妹茫然的眼神中，塞到屁股下面，壓住。

有了這催命符一樣的電話，許摘星開著車一路飛奔，切實讓小姐妹們感受了一把跑車的速度。開到火鍋店停好車，等服務生把她們帶到包廂，許摘星趕緊拿著手機狂奔到洗手間。

回撥電話過去的時候，手都是抖的。

響兩聲就接通了，許摘星不等他說話就搶先道：「哥哥，我剛才在開車，不方便接電話！」

那頭彷彿鬆了一口氣，低聲問：『已經走了嗎？』

「嗯嗯，跟朋友吃火鍋了。」

那頭笑道：『嗯，玩得開心點。』

許摘星剛才怦怦直跳的心臟這才平靜下來，小聲說：「哥哥，那個胸牌我下次帶給你呀。」

他笑著說好。

掛了電話回到包廂時，小姐妹們已經擼著袖子燙上菜了，看樣子，是沒有懷疑什麼。許摘星覺得，這個驚險刺激的夜晚，只能用熱辣辣的火鍋來撫平了。

慈善晚會結束之後沒幾天，官方公布了這一次慈善夜的捐款名單。

排名第一的居然是岑風。

他本人捐了一百萬，再加上機器人拍賣的款項，一共是三百萬。他出道不過半年，卻能在慈善夜上捐出一百萬善款，網友們都覺得這個人不僅酷，還很善良。

而第二位則是沒有到場的許摘星，人雖然沒到，但錢到了，足兩百萬。實打實的兩百萬，比去的任何一個藝人都多。

於是許摘星又上了熱搜，要不是辰星公關部及時發現撤了下來，應該要爬到前十了。

不過個人熱搜沒了，慈善晚會捐款名單的還在，點進去，裡面都是討論許摘星和岑風的。

看看人家岑風，出道半年，捐款百萬，公益之心令人動容！

看看人家許摘星，漂亮低調就算了，還這麼善良！人雖然沒到場，善款卻一分都不少！

比起某些蹭紅毯的明星強了不知道多少倍！

幫愛豆砸資源不含糊，做慈善也不含糊，而且低調謙遜從不蹭熱度，真是該她美！該她有錢！

網友：真是實名羨慕風圈了，神仙愛豆是你家的，神仙粉絲也是你家的。

風箏：驕傲！插腰！

辰星CP：看看我們這對神仙CP吧！還在等什麼！論壇建起來啊！糖摳起來啊！沒有同框我們就P啊！

還真的有人P了。

把許摘星當年巴黎服裝設計大賽的影片截圖摳了下來，跟岑風的舞臺P在了一起。比賽的影片現在看起來很模糊，許摘星那時候又小，P出來的圖片簡直不倫不類。

上傳不到十分鐘就被風箏集中火力檢舉掉了。

辰星CP：嚶，我們太難了，什麼時候才能等到同框啊 QAQ。

看到論壇的許摘星：「公關部！把這個論壇給我投訴掉！」

現在的網友這麼閒的嗎？嗑的都是什麼鬼CP？

是瓶邪不好嗑了還是遙靈不甜了？

還是袁爺爺讓你們吃得太飽了！

第八章　機器人巧巧

話題論壇並不是那麼容易就能檢舉掉。

除非是那種違反法制法規造成不良影響，或者專門黑藝人的，而且連這都需要公司出面協商，才有可能端掉。

辰星CP這個論壇每天產產糧吃吃糖，自娛自樂歲月靜好，檢舉當然不會受理，除非真的以公司名義施壓，但就顯得很刻意和仗勢欺人了。

唉，只能日復一日走正規檢舉程序了。

不過好在網友們的目光並沒有在這上面多做停留，因為辰星預熱已久的In Dream團綜《穿越五千年》即將上線了。

早在綜藝錄製結束後不久，辰星官方帳號就開始或多或少地放出拍攝花絮和預告片吊觀眾胃口。

少偶結束之後，辰星沒有再出新的綜藝，只是接檔播出了第四季的來客，一向對辰星綜藝抱有期待的觀眾對於新綜藝都十分好奇，樂娛影視上的預約人數已經高達百萬。

雖然這其中粉絲占很大一部分，但對於這個新形勢的綜藝，很多觀眾並沒有因為嘉賓而排斥，都持觀望態度，打算等第一期出了，看看再說。

辰星挑了個流量最好的時間段，打算在寒假上線。在這之前，ID團就開始風風火火地宣傳了，連常年不營業的岑風都上線分享了幾次《穿越五千年》官方的預告片。

與此同時，《愛豆風風環遊世界》突然更新，上架了幾款新的服飾。

風箏們興致勃勃打開一看，發現增加了獸皮裙和古裝。

風箏：！！！

下次讓哥哥在舞臺上穿著獸皮跳〈The Fight〉，刺激！

寒假開始時的第一個週五晚七點，《穿越五千年》第一期正式在樂娛影視上線了。它的首播量跟辰星以往的綜藝比起來要差一些，畢竟嘉賓這塊太受限制，開播時的數據都是靠粉絲撐起來的。

但辰星不愧是辰星，在綜藝上，從來沒讓人失望過。

節目一開場，就是一段類似星際穿越的影片，配音解釋了由於時空管理局遭到重創而發生失誤，導致九位少年被誤傳到五千年前的前因。

觀眾剛被這個片頭吸引，只見畫面一閃，九位穿著獸皮的美少年從天而降。雖然早就從預告片裡得知他們第一期是原始野人，但看著這九個平時在舞臺上狂霸酷炫拽的愛豆突然變得這麼土帥土帥接地氣，還是笑翻不少人。

不過站在C位的岑風就不一樣了，不僅不土，還有種另類的狂野不羈，留言都在說：

『隊長的顏值完全扛得住！我宣布隊長贏了！』

『野人哥哥我可以！我要幫哥哥生小野人！』

『啊，這結實的手臂！啊，這健碩的小腿！這麼好的身材，露啊！再給我多露點啊！』

『等等，他們不會穿著這個在野外過二十天吧？』

『目前看來是的哈哈哈哈哈哈，對不起我不該幸災樂禍。』

導演宣布完規則，ＩＤ團一聽回不去就參加不了跨年晚會，臉都綠了，被迫開始選擇五件物品開始穿越之旅。

留言安慰說：

『崽崽別怕！我是從未來穿回來的，我親眼看見你們參加了跨年舞臺，表演的是〈向陽〉！』

『對對對，我也看到了，我們都是穿越回來的。』

『樓上！不是說好了要保密嗎！穿越這種事怎麼隨便為外人道！』

『樓上幾位，引起了時空混亂你們負責嗎？』

『……這團戲精就算了，粉絲也這麼戲精，叫什麼ＩＤ團，不如改名叫戲精團。』

『檢舉，樓上辱隊了。』

『另外八個憨憨戲精我認，但是我隊淡如風氣如鐘，如此氣定神閒都快把這綜藝變成野外養生節目了，憑什麼連他一起罵！』

粉絲嘻嘻哈哈開玩笑，節目裡的九個人可開心不起來，連帶個隨身五件物品都手忙腳亂，好在岑風有條不紊，指揮大家該怎麼選擇物品，最後居然還帶著大家把帳篷拆了。

攝影拍到導演組目瞪口呆的表情，差點沒把觀眾笑死。

一開始粉絲聽到規則，知道他們要在野外生存，都跟ＩＤ團當時的想法一樣。完蛋。

留言已經開始哭唧唧心疼愛豆接下來風餐露宿饑寒交迫的可憐日子了。

結果節目裡的愛豆居然開開心心過起了原始山林生活？抓魚、打獵、摘果子，解決了飲食之後帳篷篝火也搞了起來，舒舒服服往裡一躺，一邊烤魚一邊看星星，還開起了茶話會。

觀眾驚呆了。

『這樣的原始生活我也可以！讓我去！』

『我算是看出來了，隊長才是主心骨。隊長不在，就是一盤散沙，都不用風吹，往那一扔就不用玩了。』

『岑風是什麼神仙？連野果子都認識？』

『這處變不驚波瀾不興的性格我服氣了，是個幹大事的人！』

『看著這樣無所不能的他，其實心裡好難過。』

『因為經歷過比這更難的日子，所以任何境地都可以泰然處之。』

『求樓上別說了，看個搞笑綜藝我哭成狗了。』

『就真的……好心疼啊，好想抱抱他，告訴他一切都過去了。』

『他真的很棒，無論是舞臺上還是生活中，他值得最好的。』

『哥哥未來可期！』

在帳篷睡了一夜後，隊長領著五歲不能再多的弟弟們精神滿滿前去尋找線索，然後找到了憨憨周明昱。

觀眾：？？？

哈哈哈哈憨憨的出場也太好笑了吧，為什麼跟ＩＤ團挑著的那隻野雞一模一樣啊！

這還是少偶結束後他們第一次同框。

雖然只有周明昱一個人，但少偶女孩還是很激動！彷彿又回到了去年夏天大家一起陪憨憨訓練到深夜的追夢時光。

有周明昱在，這節目不搞笑都不行，聽聽那句擲地有聲的「那些年的情愛與時光終究是錯付了」，朋友，你是不是走錯片場了？這是野外求生，不是宮鬥劇啊！

第一期的節目就在岑風把野雞砸向對面，ＩＤ團一哄而上搶人中結束了。

觀眾：『完全看不夠！跪求下期增加時長！』

啊，辰星的綜藝太香了，一如既往的香。

《穿五》的首播量確實不算高，但隨著越來越多的粉絲看完在網路上討論，越來越多的路人抱著試一試的心態點進節目，再加上辰星一向強大的宣傳。

第一期在上線三小時後，點播量像坐了火箭一樣咻一下竄上了天。

#穿越五千年#空降熱搜第一，當然也是辰星公關部運作的結果。

但除此之外，#岑風神仙隊長#、#周明昱被抓了#、#ＩＤ團野外求生#、#竹節子是什麼好吃嗎#相繼登上熱搜，《穿五》的話題點擊量迅速破億。

特別是#周明昱被抓了#這個關鍵字，直接靠自熱度竄上了熱搜第二。

原因無他，網友都以為他吸毒被抓了。

正義的網友們氣憤地點進熱搜，要看看又是哪個污點藝人，要教他做人，結果一看。

周明昱被倒吊著綁在扁擔上的照片跟一隻野雞倒吊著綁在棍子上的照片霸占了整個螢幕。

想八卦的網友：？？？

你這個被抓，跟我們理解的被抓，好像有點不同？

周明昱跟野雞的對比照實在太絕了，凡是點進來看到的網友，都不由自主點開這個貌似搞笑的綜藝。

看完回來之後：哈哈哈哈哈哈我靠靠靠靠也太好笑了！

其中以芋頭笑得最開心。

周明昱還上線發了文：『你們沒有心。』

芋頭：哈哈哈哈哈哈哈哈哈哈哈！

除此之外，話題最多的就是岑風了。

之前大家對他的整體印象是又冷又酷，話少沉默，大多數網友都覺得他私底下應該是個不太好接觸的人。

但他在節目裡真的好可靠啊！

性格也好好，特別有耐心，任何情況下都不慌不忙，這種淡定和冷靜是多少人夢寐以求的性格啊。

難怪他能在出道這麼短的時間內取得這麼大的成就，這處變不驚榮辱不興的性格應該也是一大原因。

然後岑風莫名其妙多了一群性格粉。

風箏：？

為什麼我圈的屬性構成總是這麼奇怪？心疼粉和機器人粉就算了，現在又來了一波性格粉？

算了算了，不重要！

姐妹們，快，把這個穿著豹紋小皮裙的哥哥摳圖！梗圖搞起來！ＧＩＦ動圖做起來！影片剪輯剪起來！

這都是新鮮食糧啊！在哥哥不營業的時間裡，這就是我們賴以生存的糧食啊！

嗚嗚嗚我愛辰星，我愛團綜，從現在開始，每週又可以看到新鮮的愛豆了！

全網熱度中，消匿已久的風語ＣＰ緩緩舉起了他們的手：那個，我們有話說……

風箏：閉嘴！你們不配！

風語ＣＰ……敲你媽 QAQ！

《穿越五千年》爆紅出圈是可以預料到的，畢竟有辰星這塊活招牌在，現代社會各種壓力之下，成年人每天最輕鬆的時刻可能就是洗漱完畢躺在床上看綜藝的時候了。《穿五》內容新穎，嘉賓雖然眼生但養眼，而且有梗，節目風格搞笑，簡直是消磨時光降壓放鬆之必備良綜！

僅僅一期，ＩＤ團九個人的趨勢影響榜單就上漲了好幾名，可見出圈的速度和人氣。等節目全部播完時，就是真正的全網皆知了。

ＩＤ團除了開播前宣傳了一下，之後就沒怎麼再關注線上的情況了。

因為目前還有更重要的事在等著他們，就是一年一度的星光音樂大賞頒獎典禮。

ＩＤ團出席過好幾次頒獎典禮，但都是以表演嘉賓的身分，這是第一次，以作品入圍歌手的身分參加。

說起來，他們的作品並不算多，但每一首製作精良，人氣和數據也不低，特別是岑風的首張專輯，更是一舉拿下了無數個榜單第一。

這一次雖然還不知道能不能拿獎，但是能入圍，就已經是對他們的認可了。這一次他們終於不用再上臺表演，而且還會一起走紅毯。

ＩＤ團首次合體紅毯，不僅他們自己，粉絲們也很激動。

畢竟還有三個月，這個像太陽一樣發光發熱的男團就要解散了。這或許是他們解散前，最後一個也是唯一一個合體紅毯。

拿不拿獎不重要，珍惜最後每一分每一秒的時光，享受快樂！

但很尷尬的是，頒獎典禮在週五，六點開始走紅毯，而《穿越五千年》第二期七點上線。

ＩＤ女孩：「……」

就很煩。

當排在第二十多位的ＩＤ團穿著帥氣的西裝，自信滿滿地踏上紅毯時，時間已經是七點半了。

帥氣少年們開心地朝四周的粉絲揮手，卻發現她們有些心不在焉。一手拿著應援物，一手拿著手機，應援聲都顯得那麼敷衍。

ＩＤ團：？

我們糊了嗎？

我們這就糊了嗎？

還沒解散就要糊了嗎？

神情逐漸凝重，連步伐都慢了下來。

這時候，粉絲中有位姐妹大喊一聲：「走快點！走完了我們才有空看穿五！」

粉絲：「搞快點！別拖拖拉拉！」

ＩＤ團：？

真人都在你們面前了，妳們不看我們看綜藝？

你好，投稿，粉絲迷惑行為大賞。

許摘星這次因為要幫九個人化妝來遲了，沒有擠到前排去，墊著個腳在後面目送愛豆越走越快，越走越遠。

氣憤地對身邊的小七說：「太過分了！綜藝有哥哥好看嗎？真是撿了芝麻丟了西瓜！」說完轉頭一看，小七正捧著手機在看《穿五》，笑得都快看不見眼睛了。

許摘星：「……」

嗚，哥哥真的只有我了。

被粉絲嫌棄的ＩＤ團鬱悶地走完了紅毯，不過這點鬱悶很快就被即將開始的頒獎典禮驅散了。

因為剛才入場的時候，吳志雲偷偷過來跟他們透了個底，剛從評委會那邊得到消息，〈向陽〉拿獎了。

他們的第一個獎！

啊，等一下上臺領獎的時候要用什麼姿勢呢？獎盃是只有一個還是九個呢？致謝詞怎麼說呢？

ＩＤ團偷偷興奮著。

以前他們都是在臺上表演，現在坐在臺下看別人表演，還有點不習慣，每次表演結束都賣力地鼓掌。

等表演環節過去，主持人上場，正式進入頒獎環節。前面頒發的是單人獎，比如年度金曲獎、年度最受歡迎歌曲獎、年度最受歡迎歌手。

ＩＤ團的思緒已經飄到等一下自己領獎的畫面上去了，也沒注意看，突然聽到主持人念出岑風的名字。

八個人虎軀一震，齊刷刷看向坐在中間的隊長。

什麼獎什麼獎？剛才在走神！完全沒聽到！是我們嗎？到我們了嗎？

然後就看見隊長面色淺淡地站起身，一邊走向舞臺一邊扣好西裝鈕釦，滿場粉絲都在尖叫，主持人說：「讓我再次恭喜岑風獲得年度最佳新人獎！」

ＩＤ團：「哇！」

不愧是隊長！

相比ＩＤ團和粉絲的激動，本人顯得很淡定。

也是，這個人就是這個性子，好像天塌下來都不會皺一下眉。

走上舞臺接過獎盃，主持人把麥克風遞給他，笑著問：「此時此刻，有什麼話想對大家說嗎？」

他朝著鏡頭笑了一下，還是那句：「謝謝大家，我會繼續努力。」

大螢幕上，穿西裝的少年笑意淡然，眼眸落滿星光，一身寵辱不驚的氣質，像已經在這條路上獨身走了很久很久。他身上所獲得的成就與榮譽，幾乎讓人忘記他其實還是個出道不到一年的新人。

有些風箏在瘋狂尖叫中突然哭了出來。

我們與你並肩前行，榮辱與共，你的榮耀，即是我的光芒。

主持人早就知道他話少，但為了導播要求的鏡頭時長，不得不繼續cue他：「還有什麼話想對粉絲說嗎？你聽她們叫得好大聲。」

主持人這麼一cue，風箏更加賣力地尖叫。

岑風垂下眸，長長的睫毛飛快掃過眼瞼，不知道想到什麼，眼角彎了一下，抬眸看向大片橙海，然後他說：「打榜不要太辛苦，太子其實不用那麼有氣勢。」

風箏：？？？！！！

我靠！哥哥居然知道打榜？還知道我們叫首專為太子？

您難道平時都在用小號視奸我們嗎？快！快把粉絲群組裡哥哥穿豹紋的梗圖刪掉！

目瞪口呆許摘星：「……」

活學活用？

等岑風下臺坐回位子後，沉甸甸的獎盃被ＩＤ團摸了個遍，摸得鋥亮的獎盃上全是指紋印。

頒完單人獎項，接下來就是組合了，ＩＤ團又把提前想好的致謝詞在心裡默念了一遍，順便管理一下表情，等等被叫到名字的時候不能顯得不穩重，要向隊長學習！

準備了半天，等主持人念出 In Dream 的名字時，九個人同時起身，連臉上的表情都一模一樣。

看到大螢幕的粉絲：？？？

隊長向來都是這個表情，你們八個皮猴裝什麼裝？

主持人笑道：「恭喜我們 In Dream 憑藉〈向陽〉獲得最佳組合音樂獎，恭喜九位！」

九個人排隊走上舞臺，整整齊齊站了一排。獎盃只有一個，暫時只能讓隊長拿著，然後大家一個個致謝，雖然臺詞挺官方，但聽到他們的語氣，看到他們像發著光的眼神，就知道他們此時的心情有多激動。

都是一群追夢的少年啊。

追到一個夢，便成長一分，等有一天當他們追到那個最大最大的夢，希望他們回頭仍是少年。

俗話說有獎傍身好走路，ＩＤ女孩們腰杆好像都硬氣了一點。特別是風箏，現在愛豆的作品人氣、獎項都有了，作為一個新人來說，他已經做到了極致。誇他一句頂流，也不會再有黑粉跳出來嘲諷。

頒獎典禮之後，高端運動品牌和 QVVQ 手機官宣了代言人。

此時因為《穿越五千年》的相繼播出，正是ＩＤ團和岑風國民度瘋漲的時候，這兩個代言一出來，不混粉圈的廣大路人網友們突然有一種「這個人好紅啊」的感覺。

好像自然而然的，岑風在圈內的身分和咖位，有了實質的提升。

吳志雲本來想趁著這個機會，幫他接點綜藝和訪談，澈底把國民度打出去，結果被岑風拒絕了。

他有半個月沒接通告，去國外散了幾天的心，又在琴房練了一段時間的琴，叮叮咚咚彈了幾天，寫了兩首歌出來。

在沉澱自己這件事上，吳志雲覺得他比很多圈內出道已久的藝人做得好。

雖然有點遺憾那幾檔真人秀，但藝人自己能保持這樣一顆清醒的頭腦，他還是很欣慰的。

出去之後就打了個電話給大小姐。

大小姐的語氣理所當然：『他要出歌當然要給他出啊，你去聯絡音樂部，找最好的製作團隊。』

吳志雲遲疑道：「那版權問題？」

許摘星：『還是按照專輯的合約，全部給他，我們只占百分之二十的利潤抽成。』

吳志雲：「……您這慈善做的，要不然乾脆百分之二十也別要了。」

『那怎麼行？』許摘星用脖子夾著手機煮咖啡，『什麼都不要，反而會引起懷疑。』

吳志雲：「……您說得對，我明天就帶他去公司。」

於是第二天，許摘星穿著吊帶褲，打扮得像個單純的女大學生，出現在辰星。

大小姐來公司一向是走精緻強勢風的，她說這樣才壓得住人，突然一下子又變回了曾經那個軟糯的小妹妹，大家一時間有點不適應。

許摘星才不管他們呢，一路蹦蹦跳跳的，跑到十三樓買咖啡。

她有段時間沒見到岑風了。哪怕現在已經跟愛豆成為朋友（？），她依舊堅持著粉絲的不打擾不越界原則，除了必要的工作場合，其實私底下很少利用身分之便去找他。

就連這次岑風出國，她都讓尤桃別告訴她去了哪裡。

她怕自己會忍不住跑過去製造偶遇。

唉，她現在真是越來越貪心了，只能在相思病發作的時候投身工作，努力不去想他。

愛豆愛喝拿鐵，許摘星在多糖和少糖之間糾結了一下，還是決定從身體健康上出發，選擇少糖。

等岑風戴著帽子口罩坐著電梯一路到音樂部的時候，一出電梯，就看見許久不見的女孩端著一杯咖啡，靠著牆，百無聊賴地打哈欠。

那哈欠打到一半，看到他，後半個居然硬是咽回去了，眼裡因為有了淚光顯得更亮，像隻小兔子一樣跳到他面前：「哥哥！買給你的咖啡！」

吳志雲從後面走出來，許摘星笑眯眯跟他打招呼：「吳叔叔好。」

吳志雲怪不自在地摸了下鼻子，跟岑風說：「安哥還有一下子才到，你們先聊吧，我去一趟會議室。」

說完又進了電梯，關上門走了。

岑風看著眼前笑眯眯的女孩，心裡面一片柔軟，他拿起咖啡喝了一口，眉梢挑了一下：「這次沒加糖？」

許摘星嘬了下嘴，一副為他好的語氣：「哥哥你真的要少吃點糖，對身體不好。」

岑風眼裡的笑都快溢出來了，還偏要裝作聽她話的樣子：「嗯，那以後咖啡就喝這個甜度吧。」

她高興地一點頭。

擔心電梯口有人來，許摘星把喝著咖啡的愛豆帶到轉角處的小會議室，她好多天沒見他，現在見到，感覺全身每個毛孔都舒暢了，小臉紅撲撲的，問他：「哥哥，國外好玩嗎？」

其實也沒什麼好玩的，就是換了個地方睡覺打遊戲，偶爾可以不用戴帽子口罩出門散步。

不過她這樣期待的問了，他便很認真的回答。

去了哪裡，吃了什麼美食，逛了什麼景點，看到了什麼樣的風景。

最後他說：「我第一首歌就是在那裡得到的靈感。」

許摘星聽得雙眼發光：「好想去啊！」

他嗓音溫柔：「那下次跟我一起去。」

許摘星還沉浸在愛豆構建的美妙度假生活中，也沒察覺這句話有哪裡不對。她美滋滋回味完了，從會議桌下面提了個袋子出來，有點不好意思地交給他：「哥哥，這是我做的周邊，給你一份。」

岑風拿出來一看，原來是一本今年的桌曆。

正面三分之二是日曆表，右邊配了一張他的舞臺照，背面就是一張大圖，都是他這大半年來的各個活動精修圖。

岑風翻到第二頁，看到他生日那一天被標了橙色的底，下面用乖巧的字體寫著「寶貝生日」，再往後翻了幾頁，又有一個日子被圈出來，寫著「寶貝出道紀念日」。

今年的生日，正是他行程最忙的時候，粉絲們給了他盛大的應援，他只是從吳志雲那裡聽了幾句，說應援排場很大，然後又奔赴下一個行程。

他習慣不過生日了，其實這一天對他而言沒有意義，甚至有些諷刺。

但許摘星總是會想方設法把蛋糕遞到他面前，他記得她和他同一天生日，於是當她抱著蛋糕等在錄製棚外面時，他並沒有排斥，跟她一人吹一根蠟燭，許願分蛋糕。

她把他所有值得紀念的日子都記得很清楚。

桌曆上標了他專輯上線的日子，第一首單曲面世的日子，第一次拿獎的日子。

他於她而言，意義重大。

岑風一直翻到最後一頁。

許摘星微微歪著腦袋，小聲問：「哥哥，喜歡嗎？這是我第一次做，有點手生，可能做得不太好。」

他抬頭看著她的眼睛：「都喜歡。」

許摘星茫然了一下：「都？」

身後的門被推開，吳志雲走進來：「安哥來了，過去吧。」

岑風把桌曆裝回袋子，許摘星依依不捨地揮手：「哥哥再見。」

他低聲問：「今天有空嗎？」

許摘星茫然：「有啊。」

岑風笑起來：「那等一下做飯給我吃吧。」

她看著他溫柔又清澈的笑，心尖上好像 biu 一下開出一朵漂亮的花來，重重地點了頭：

「好呀！」

岑風這次寫的這兩首歌是流行風格，沒有說唱和搖滾元素，屬於大眾口中的慢歌。一首曲調輕快，是他以流浪歌者的視角，寫他走過的地方，看過的景象，遇過的人群。

另一首曲風細膩空遠，是他在回國的飛機上看到下方白雲連綿，金光萬丈，遼闊又壯美，那種被自然風光打動的心情，言語無法表達半分，一切都在歌裡。

這兩首歌的風格有別於他之前的作品，讓音樂總監不停感嘆這個年輕人的音樂天賦。而且聽完 demo 之後，大家一致覺得這兩首歌更加符合當前的大眾審美，應該會高於《It's me》的傳唱度。

會開了兩個小時，最後確定了製作方案，從音樂部會議室出來的時候，他直接往剛才的小休息間去。

許摘星正趴在桌子上玩手機，玩得太入迷，連愛豆走進來了都不知道。

螢幕上是一個穿吊帶褲的小鬍子正在蹦蹦跳跳頂蘑菇，可是她的操作不好，總是頂歪，然後一路狂奔去追蘑菇，不小心撞到烏龜，吧唧摔死了。

她氣得用小拳頭捶桌子：「什麼破遊戲怎麼這麼難啊！」

頭頂傳出一聲嗤笑，許摘星聽到愛豆的聲音：「我教妳啊。」

「哥哥！」她驚喜回頭，又有點心虛地把手機倒扣在桌面，不讓他看見自己的菜雞樣，「你開完會啦？」

岑風看了她的手機殼一眼，上面是他的剪影圖。

他點了下頭：「嗯。」又問，「在玩瑪利歐兄弟？」

許摘星：嚶，還是被看到了。

她噘了下嘴，老實地承認：「對呀，可是好難，我已經在第二關卡了好久了。」

其實之前她連第一關都打不過去，最後找周明昱帶她了好久，才磕磕絆絆把第一關過了。

當時周明昱還罵她：「妳怎麼這麼白癡？我用腳都打得比妳好。」

然後收穫了許董的雪藏警告。

她對遊戲的確沒什麼興趣，但愛豆喜歡什麼，她就喜歡什麼，追星女孩最喜歡get愛豆同款啦，好像這樣，就跟那個遙遠的人有了細弱的關聯一樣，值得開心很久。

岑風看她失落的樣子，忍不住笑起來：「這個遊戲是很難，我一開始也打了很久才過關。」

許摘星瞪了瞪眼睛：「啊，真的嗎？」

當然是假的。

他死了幾次，用了幾分鐘摸清套路，然後一路過關斬將，直接斬到最後一關，救出了公主。

可他願意哄她：「真的，特別難。」

許摘星一下子高興了，開心地問他：「哥哥你打到第幾關了？」

岑風根據她的水準計算了一下，最後說了一個中間數：「第四關。」

她的眼睛亮晶晶的：「那我要加油，很快就可以追上你啦！」

他笑著說好。

✦

上一次去她家吃飯，還是元旦的時候。

許摘星坐在副駕駛座，岑風一邊開車一邊聽她在旁邊報菜名，報完了她問：「哥哥，這些都是我學的新菜，你想吃哪個？」

報的菜都是他喜歡的口味。

岑風選了兩道聽起來比較簡單的菜。

許摘星又把手機拿出來翻食譜，認真地看一遍步驟。岑風偏頭看了兩眼，淺聲說：「不用專門去學這些。」

她戳著手機：「也沒有專門啦，就是看到了，覺得你會喜歡，就學下來了。」

凡是他喜歡的，她都想送給他。

她的遊戲天賦不怎麼樣，廚藝天賦倒是不錯，學菜也快，懷著想要做給他的心情做菜時，心裡就開心得不得了。

到家的時候，許摘星先鬼鬼祟祟探查了一圈，確定樓梯間沒人，才趕緊對電梯裡的愛豆招招手。等他進屋，鎖上門，又趕緊去拉窗簾。

大白天的，防狗仔措施要做好！

做好這一切她才鬆了口氣，轉身一看，發現愛豆還站在玄關，神情怪異看著客廳一角。

許摘星循著他的目光看過去。

碩大的機器人立在客廳角落，機械感泛著冷冰冰的光，跟她這間溫馨的小屋格格不入。

許摘星倒是忘了這件事，有點不好意思地瞅了他一眼。

岑風把目光移到她臉上，有些無奈，又有點好笑：「原來是妳買的。」

許摘星幫自己找了個理由：「我是為了做慈善！」

岑風笑著搖了下頭，倒也沒再說什麼，換好鞋走到機器人跟前，抬手摸了摸。機甲上一點灰都沒有，可見主人平時都有拭擦。

他回頭問：「玩過嗎？」

許摘星緊張的說：「沒有，不……不會……」

岑風：「不是附帶了說明書？」

許摘星：「……看不懂。」

這太為難一個文組生了。

岑風終於忍不住笑出聲，把許摘星笑了個大紅臉，最後說：「等一下吃了飯，我教妳怎麼玩。」

他頓了頓，又補充一句：「很好玩的。」

許摘星連連點頭，把機器人配套的工具盒拿出來交給他，就鑽到廚房去了。

偶爾出來拿東西，看見愛豆盤腿坐在地板上跟機器人玩，眼神專注又純粹。

她的心啊，化成了一瓣一瓣，順著小溪一路歡快地飄向了遠方。

這個格鬥機器人是岑風搬到小別墅後開始組裝的。他的臥室空間大，陽臺也大，以前做不了的東西，現在環境和經濟都允許了，有時候休假，就會把時間都花在上面。

他前生清白，來辰星時只提了兩個箱子，一箱子衣服一箱子機械，沒什麼值錢的東西，捐贈拍賣品時，這個機器人就是他最值錢的了。

他問過慈善方的人，他們說，拍賣款會救助那些連飯都吃不上的孩子。

曾經像他一樣的孩子。

所以他也沒什麼猶豫，把機器人捐了出去。

只是沒想到最後會被許摘星買下來，再次見到它，心裡還是挺高興的，跟它冰冷的手掌擊了下掌，笑著打招呼：「hi，bro。」

跟ＩＤ團待久了，口頭禪也會被影響。

許摘星這房子的空間不算大，翻跟斗什麼的想都不要想，他操控著機器人走了幾步，擺了擺手，做了一套拳擊動作。

正玩著，廚房突然砰的一聲，緊接著傳出許摘星的尖叫。

岑風臉色一變，轉身朝廚房衝過去，一掌推開門，剛進去，就被爆裂開的水龍頭滋了一身水。

許摘星站在水池前，一邊尖叫一邊拿手去堵噴水口，水噴得廚房到處都是，她全身上下都被噴濕了，頭髮濕噠噠貼在臉上，滿臉水，像剛從水池裡撈出來一樣。

岑風沒時間管她，順著水管找過去，把總閘關了。然後才去洗手間拿了條浴巾過來，兜頭蓋下，幫她擦水。

許摘星還茫然地站在原地，擦著擦著，聽到頭頂隱忍的笑聲。

她不可思議地撩起浴巾往上看，「哥哥你居然還笑！」

岑風嘴角微微上挑：「嗯。」

許摘星：「你還嗯！」

他拿著浴巾把她的小腦袋往下一按，使勁搓了兩下，聲音裡都是笑意：「好蠢。」

許摘星不服氣的聲音從浴巾下飄出來：「洗菜洗著洗著水管突然爆了，任誰都會手忙腳亂啊！」

岑風：「哦。」他把浴巾取下來，揉了下她亂糟糟的頭頂：「去換衣服。」

許摘星噘著嘴去了。

換好衣服再過來，愛豆已經把廚房收拾乾淨了，然後傳了幾張截圖給她：「知道哪裡有五金行嗎？對照圖片去把這些買回來。」

許摘星看看圖片，又看看他：「不找維修工人啊？」

結果他說：「我就是。」

給愛豆跪了。

到底還有什麼是你不會的。

許摘星拿著手機，噠噠噠跑出門去買工具了。

回來的時候，岑風已經用機器人工具盒的扳手把爆裂的水龍頭擰了下來，拿到她買回來的新龍頭，俯在水池邊開始修水管。

許摘星站在旁邊探著腦袋觀摩，看了半天，突然說：「哥哥，瑪利歐也是修水管的耶。」

岑風頭也不抬道：「嗯，其實我就是他，從遊戲裡跑出來的。」

許摘星笑到肚子疼。

會開玩笑的愛豆也太可愛了吧！

有了這麼一個小插曲，最後吃飯的時間比預計晚了快一個小時。擔心愛豆餓肚子，許摘星最後一道菜有點發揮失常，本來想偷偷倒掉的，結果被岑風發現了，直接端上了桌。她偷偷把那道糊掉的菜拉到自己面前，企圖在愛豆動筷之前毀屍滅跡。

被岑風一個眼神掃過來，又默默推回中間。

吃完飯，岑風教她玩機器人。

其實遙控很簡單，往前往後，抬手抬腳都有特定的按鈕，機器人一動起來，機械關節嚓嚓響，許摘星站在它面前還要仰頭，有種會被它一拳捶飛的感覺。

但還是玩得很開心，學會簡單的遙控操作後，她興奮地問：「哥哥，我們幫他取個名字吧？」

岑風點頭：「可以。」

許摘星：「之前你送我的那隻小狗叫乖乖，那這個就叫巧巧怎麼樣？」

岑風：「……」

他不得不用懷疑的目光看一遍這具又高又大看上去殺傷力十足的冷酷格鬥機器人，然後在許摘星期待的目光中沉重地點了點頭：「我覺得可以。」

沒有生命的機器人：「……」

難道我沒有生命，就不值得被尊重嗎？

岑風下午還有一個通告，沒多久吳志雲就開車來樓下接他了。

許摘星操控著巧巧，一起走到玄關送他。

她說：「哥哥再見。」又拿遙控器讓機器人抬起手，「巧巧，跟哥哥說再見。」

岑風：「……再見。」

總感覺再待下去，機器人會活過來，然後罵他負心漢。

第九章　正式屬於我

不知道為什麼，總覺得愛豆的背影有點落荒而逃。

許摘星看著門關上，努力壓下心中不想和他分開的貪戀，轉身捏著小拳頭笑瞇瞇跟機器人碰了一下拳：「巧巧，我們以後就是朋友啦。」

她平時在家都是一個人，因為太忙，也不敢養寵物，怕照顧不好。現在操控著巧巧，雖然是個沒有生命的機器人，但還是有了一種陪伴的感覺。

許摘星走到書房，幫桌曆拍了幾張照，然後躺在沙發上發文。

——@你若化成風：『訂製的專屬桌曆到啦，月底車展音樂會現場憑打榜記錄領取，先到先得！』

留言哇哇亂叫。

『若若又出周邊了！我飛奔前去！』

『啊啊啊月底考試去不了，能不能賣啊？好想要！』

『眾所周知，若若不賣周邊，嚶抱緊金大腿！』

『我決定了，為了這本桌曆我要提前加班請假去現場！』

『拿著桌曆應援會被哥哥看見嗎？』

老實說，你們哥哥已經有了。

一片歡騰中，沒過兩天，In Dream官方和九家粉絲後援會公布了ＩＤ團告別演唱會的時間地點以及購票時間。

這個像夢一樣的男團，於去年夏天出道，於今年夏天解散，解散前會在B市萬人體育場舉辦告別演唱會，也將是他們解散前，最後一次舞臺合體。

ＩＤ女孩們覺得自己的心都碎了。

可這就是規則。

從追團的那一天開始，就已經預料過這一天的到來。傷心歸傷心，演唱會門票還是要搶的。

許久沒有聯合應援的九家粉絲們這次再次聚集在一起，之前亞洲音樂節建的那個應援群組終於又活了過來，九家後援會管理在群組裡商量好了最後一次的團隊應援。

這次告別演唱會，不分你我，讓紅海再現。最後一次，讓In Dream記住，只屬於他們九個人的紅。

演唱會官宣之後，ＩＤ團九個人開始準備舞臺排練了。演唱會時長兩個半小時，每人有一個solo舞臺，剩下的時間是團隊表演。

除去必選的〈向陽〉、〈Sun And Young〉、〈The Fight〉三首歌外，還增加了新的表演曲目，要讓這最後一次舞臺不留遺憾。

許摘星終於有一次不用自己搶票，直接在自家公司拿票的機會了。還偷偷幫群組裡關係好的小姐妹們也一起拿了，假裝自己是在內部人員手裡買的，內場前排原價。

小七她們都知道若若是個富二代，完全沒懷疑，興奮得天天在群組裡表白大佬。

岑風一邊準備演唱會，一邊還要錄製新歌，這期間ＩＤ團的行程也不少，每個月都有兩、三個商演。在這忙碌的行程中，時間一晃就入了夏。

終於迎來了道別的日子。

許摘星提前雇用七名造型師，加上本來團隊中的兩位老師，一共九個人。演唱會不比平時的商演，需要搶裝，九名老師一人負責一個，不至於來不及。

ＩＤ團都習慣她負責造型了，怪難過的：「小許老師，最後一次演出了，妳不管我們了啊？」

許摘星：「不管，天塌下來也不能阻止我看現場。」

ＩＤ團：「……」

施燃試探著問：「那要不然我們現在在後臺給妳表演一次，也算現場嘛。」

許摘星：「……」

應栩澤在內心默默地說：誰想看你，人家想看的是隊長。

雖然沒有親自做造型，但九個人的演出服都是許摘星提前根據他們的演出風格搭好了的，後臺準備確定無誤，許摘星朝愛豆投去一個加油的表情，就開心地去場館外面找小姐妹匯合了。

初夏的天還不算太熱。

場館外面已經聚集了大批拿著紅色應援物的粉絲，有人在笑，也有人在哭。

還沒開始，就已經在為結束而難過了。

許摘星雖然是個唯粉，但挺理解她們的。

小七喝著飲料悄悄說：「還好我們不追團，太慘了，好心疼她們。」

箐箐：「說什麼屁話，妳哥哪天退圈更慘。」

小七：「……嗚，大好的日子妳提傷心事做什麼！」

突然覺得還不如人家團粉呢。

氣氛一下子低沉下來，阿花悵然地說：「真的，我這幾天做噩夢，夢見演唱會，我哥

solo的時候在臺上跟我們說，團解散之後他就要去鄉下開個修車店了，祝我們今後生活幸福。」

許摘星：「……」

小七飲料都喝不下了，嚶嚶地哭：「不會是真的吧？團一解散他連經紀約都沒了，會不會真的一走了之啊？但是中天應該不會放他走吧？不是還有兩年練習約嗎？」

許摘星一聽中天就來氣：「練習約隨隨便便就解了，那個爛公司有什麼好待的？與其在那裡待著，我情願他退圈。」

想到曾經中天對岑風做過的事，她就恨不得把對方搞死。

這幾年辰星確實也在暗地裡打壓中天，但畢竟是老資本公司，一時間搞不死，只能徐徐圖之。

阿花對著手指：「雖然但是，可還是好想他留下來啊……」

許摘星嚴肅地拍拍她的肩：「放心吧，哥哥那麼負責的人，不管是走是留，肯定會給我們一個交代的。」

話是這麼說，其實她心裡也沒底。

這些時日，她並沒有問過愛豆，你接下來打算怎麼辦。

岑風是個共情能力很強的人，他面上總是淡漠，但其實很在乎別人的感受。哪怕被這個世界深深地傷害過，也從未丟棄溫柔良善之心。

他知道粉絲愛他，許摘星擔心自己問早了，他會因為她們而違背本心。

她希望他能自由隨性地活著，不必遷就任何人。

不管是走是留，她永遠站在他那一邊。

晚上七點半，告別演唱會正式開始。

開場是一段VCR，記錄了ID團九個人從第一次站上少偶舞臺介紹自己，到他們在訓練期間的點點滴滴，最後到決賽那一夜，九個人站上舞臺，笑著向這世界宣告，我們是In Dream。

之後這一年，走馬觀花地閃現。每一個舞臺上的他們，綜藝裡的他們，訓練室的他們，別墅裡爭相打遊戲的他們，而後轟一下，音樂停止，VCR消失，全場燈光熄滅，一束白光打在舞臺中央，九名少年伴隨著升降機出現。

全場歡聲雷動。

演唱會以一首唱遍所有少偶女孩的〈Sun And Young〉開始。

所有人尖叫著揮舞螢光棒，給他們最後最好的應援。

三首團隊表演曲結束後，就輪到了個人solo，從排名第九的施燃開始，依次往前。大家都選擇唱自己的單曲，各有各的風格，輪到岑風的時候，他沒有唱之前的任何一首歌。

他取了耳麥，拿了麥克風在手上，穿一身白色的襯衫，清爽又乾淨，笑著跟她們說：「寫了一首新歌，在這裡唱給你們聽。」

滿場風箏瘋狂尖叫。

新歌的事沒有對外透露，粉絲根本不知道這場告別演唱會上有新歌聽，許摘星雖然已經聽過錄製版，但第一次聽現場，還是很激動。

升降機緩緩升起一架噴了橙色彩繪的鋼琴。

他在粉絲的尖叫聲中走過去，把麥克風插在麥架上，然後坐好，低頭試了試音，朝鏡頭笑了一下，他說：「這首歌叫〈流浪〉。」

是那首以流浪歌者為靈感的歌。

輕快的曲調從他修長的指尖叮叮咚咚流了出來，他垂眸彈唱，神情溫柔，好像一個自由自在的少年背著行囊走了好多地方，最後帶著這首歌，回到了有他們的故鄉。

還有什麼不知足的呢？

哪怕他會離開，走之前，他還願意唱新歌給她們聽。

等岑風表演完，solo 環節徹底結束，接下來的時間，留給團體表演。每跳一首，就少一首，時間接近十點時，不少粉絲開始痛哭。

直到最後一個舞臺結束。

九位少年氣喘吁吁，卻笑臉洋溢，彼此對視之後，不知道是誰先抬手擁抱隊友。

粉絲在彼此擁抱的畫面中哭成了狗。

場館裡開始響起整齊劃一的喊聲，她們喊：「In Dream！前途無量！」

擁抱完，從隊長開始，一個個致上最後的道別辭。每一段話都是每個人這些天來絞盡腦汁寫的，寫這一年的經歷，寫這一年的心態，寫對粉絲的感謝，寫對未來的期待。

他們並不能長篇大論，因為時間有限，場館的演出時間是按分鐘計時的，超過一分鐘都不行。

每個人只有一分鐘的致辭時間，因為話說多了，表演時間就會減少。

比起說話，他們更想讓粉絲看更多的舞臺。

舞臺是他們唯一能回報給粉絲的禮物。

他們說，謝謝大家這一年來的陪伴和支持，沒有你們，就沒有現在的 In Dream。

他們說，解散並不是結束，而是新的開始，我們仍會一如既往朝前奔跑。

他們說，祝福每一個隊友將來大紅大紫，完成夢想。

他們說，希望今後這一路，依舊有你。

他們每說一句，粉絲就會喊一句「In Dream 前途無量」。每個人都紅了眼眶，可他們沒哭，最後一刻，仍然朝著鏡頭露出最帥氣的笑。

九個人背靠著背，圍成一個圈，朝著臺下九十度鞠躬。

他們齊聲說：「這一年來，謝謝關照。In Dream，再見。」

In Dream，再見。

願今後這一路繁花似錦，星途坦蕩。

ＩＤ團退場很久之後，粉絲依舊沒有離開座位，整個場館一遍一遍迴盪著「In Dream前途無量」的喊聲。

到了後臺，幾個大男孩才捂著眼睛哭出來。然後隊長遞紙巾擦眼淚，八個人排排坐，哭得像剛從幼稚園畢業的小朋友。

哭完了，卸妝換衣服，參加慶功宴。

再不捨，這條路也要繼續堅定地走下去。

去慶功宴的路上，應栩澤問岑風：「隊長，你接下來有什麼打算啊？」

隊長跟他們不一樣，他們跟自家經紀公司的關係都不錯，團解散後，都會回到公司，簽新的藝人約，這一年來他們名氣大漲，相信公司也會繼續捧他們。

但岑風跟中天的關係很差，而且他的態度隨意，一直沒有明確表示過要繼續當藝人，應栩澤這麼一問，車內的人都眼神炯炯地看過來。

岑風幫遊戲按了下暫停，抬頭掃了一圈，笑了一下：「先解約吧。」

應栩澤興奮道：「隊長，你跟中天解約了就來我們公司啊！我們公司真的超好！你看這一年公司對你多好啊！」

施燃一巴掌把他拍開：「去去去，隊長，還是來我們公司吧！我們公司也不錯啊！電影資源這塊超棒的，你來了你以後就是影帝！」

應栩澤：「你們只有電影資源，我們全方面發展！」

然後兩個人打起來了。

雖然解散了，還是那個傻傻的團。

慶功宴一直開到淩晨，大家喝了不少香檳，又醉成一團，最後被各自的助理塞上車。岑風照常是清醒的那一個，走在最後，出門的時候，看見許摘星捧著個巴掌大小的草莓蛋糕等在外面。

演唱會結束後，她的小姐妹們受現場氣氛感染，全哭成了淚人，許摘星陪著她們去吃宵夜開導安慰，沒能來參加慶功宴。

直到剛才把小姐妹們送上車，才急急忙忙趕過來。

看到岑風出來，捧著小蛋糕跳到他面前，開心地說：「哥哥，出道一週年快樂！」

小蛋糕上放著一顆草莓，還沒吃就已經感覺到甜了。

他伸手接過，有點無奈：「這麼晚了還跑來做什麼。」

許摘星抿著嘴傻笑。

尤桃剛好進來，看見許摘星也不意外，「車來了，走吧。」

三個人一同走到停車場，上了車，岑風說：「先送她。」

許摘星把雙肩包取下來放在腿上充當小桌子，幫愛豆把蛋糕盒子打開，「哥哥，你快嚐嚐好不好吃。」

他依言拿勺子挖了一塊，在她期待的眼神中點了點頭。

看到愛豆吃東西她就開心，美滋滋地看著他吃完一整塊小蛋糕，又俐落地把空盒子收起來。

窗外閃過霓虹夜景，車內有些安靜，許摘星一下子看看外面，一下子又轉頭看看身邊閉目養神的愛豆，來回了好幾次，岑風突然睜開眼偏頭看著她：「有什麼話想問我嗎？」

她的心尖抖了一下，抿了抿唇，好半天才遲疑著問：「哥哥，你……你接下來有什麼打算嗎？」

岑風還沒回答，她又趕緊補充一句：「哥哥我只是好奇，你不要有負擔！不管你做出什麼樣的決定，我們都會無條件支援你的！」

岑風笑了笑。

他嗓音溫和：「我會跟中天解約。」

許摘星眼裡閃過一抹喜悅，轉而又有點緊張：「然後呢？」

岑風看著她的眼睛：「然後成立個人工作室。」

許摘星一愣。

他笑了一下，認真地對她說：「我會留下來，留在這個舞臺上。」

他喜歡的女孩，熱情明媚，喜歡看他跳舞，希望他被世界深愛。她那樣優秀，他其實給不了她什麼，只能竭盡所能，去實現她的願望。

許摘星眨了下眼。

眼裡淚光閃閃的，卻對他露出一個大大的笑：「好！哥哥在哪，我就在哪！」

比起背靠經紀公司，個人工作室會很難。無論是維權還是資源方面，都會在無形之中受到資本的壓制。

但既然是他想做的，再難，她也會幫他把路鋪平。

演唱會結束之後幾天，ＩＤ團跟辰星解除限定經紀合約，回到各自的公司。

幾個人陸續搬離別墅，岑風本來想讓尤桃幫他租房子。

尤桃跟許摘星一說，回來告訴岑風：「公司讓你先在這住著，等你解完約，工作室的事情處理好了，再搬出去也不遲，反正還剩兩個月的租期。」

岑風也就沒推脫。

吳志雲還帶了一個專門處理藝人合約糾紛的律師過來給他，替他出面跟中天談解約的事。

目前中天手裡只有一份兩年的練習生約，如果對方願意和平解約當然最好，如果不願意，也只是賠個幾十萬的解約金，屬於小案子，方律師根本不覺得會有什麼問題。

結果當他拿著岑風的委託書上門時，中天法務部直接獅子大開口，要求岑風賠付五千萬的違約金。

方律師從業多年，身經百戰，不要臉的無賴也見多了，但無賴到中天這種程度的，還是第一次見。

只是略一思考，就知道中天這麼做的原因了。

他們不甘心。

這位爆紅的頂流是他們公司的練習生，卻從未為公司帶來任何利益，甚至出道都是在別家公司出的。現在火了，拍拍屁股想走人，哪有這麼便宜的事？

中天要求天價賠償，岑風方不同意，就只能走法律程序。

從提起訴訟到法院受理再到開庭審理，判決，這個過程至少半年。

這半年時間，岑風仍屬於中天旗下練習生，不能私自接任何活動和行程。

變相雪藏。

雖然最終中天會敗訴，但他們拖了岑風這半年，讓他不能出現在公眾視野，期間沒有任何作品和行程，對於一個藝人來說，是致命的打擊。

方律師憤怒地將對方的無恥行為轉述給岑風時，他倒是很平靜：「那就起訴吧，辛苦了。」

他能平靜，其他人可平靜不了。

吳志雲把這件事告訴許摘星時，肉眼可見對方臉上露出了「我要他死」的暴怒神情。

看大小姐捏著拳頭手指骨都泛白了，吳志雲趕緊幫她順毛：「冷靜冷靜，別把自己氣出病來，妳還不知道中天嗎，就這德行，我們再想想辦法。」

許摘星面無表情：「嗯，想辦法，你別說話，我安靜地想一想。」

吳志雲默默走到一邊坐下。

沒多久，就聽見劈里啪啦的鍵盤聲。

抬頭一看，大小姐坐在辦公桌前，身後是大片落地窗，她神情沉靜，剛才的盛怒已經遍尋不到。

吳志遠這才開口：「大小姐，妳在寫什麼呢？」

許摘星頭也不抬：「兩個步驟，輿論施壓和資本施壓，我捋一下方向。」

她的辦公室在頂樓，身後是大片落地窗，窗外高樓大廈，晴空萬里，遼闊又壯麗，她身姿纖細坐在那裡，本該被窗外景象襯出幾分渺小，吳志雲卻覺得此刻的大小姐氣勢如山，有壓頂之感。

他不由得打了個哆嗦。

果然，惹誰都不要惹追星女孩。

很快，許摘星的指示就傳下去了。

公關部聯絡了手裡幾個權威很重的行銷號，把中天要求天價違約金，企圖以時間拖死岑風的事情爆了出去。

許摘星也已經跟岑風後援會管理通了氣，讓他們注意控制風向，良性引導粉絲維權。

行銷號一爆，辰星公關部立刻安排水軍下場，行銷聯動，事情迅速發酵開來。風箏本來就以媽粉居多，最不能忍的就是寶貝受欺負，一開始看到爆料還有些懷疑真假，直到後援會發聲，才知道是真的。

當即怒了。

靠，欺負我們崽崽沒有靠山嗎！

五千萬你怎麼不去搶啊！

還想利用申訴時間拖死我愛豆？能想出這麼惡毒的辦法，你們中天的人心都是黑的吧？

不，你們根本沒有心！

本來很擔心愛豆退圈，擔心他在這裡受欺負，擔心他失望之下直接離開，現在中天搞這麼一齣逼迫手段，簡直像引爆了火山，差點把風箏們氣瘋了。所有粉絲化身戰鬥粉，拿出要把中天撕到倒閉的氣勢。

熱搜話題一路狂飆，很快全網皆知。

岑風的社群沒什麼動靜，但ＩＤ團另外八個人全部上線發文，聲援隊長。曾經參加過少偶的練習生們也有很多為岑風發聲，周明昱連發三篇文辱罵中天無恥。

從古至今，輿論都是一把利器。

許摘星曾經說過，只要這把利器還握在她手裡，就絕不會指向任何一個無辜之人。

中天不是人，該殺，該死。

網路上輿論一爆，中天宣發部的電話快要被打爆了，岑風如今的人氣非同小可，無數媒體都想挖掘第一手新聞。

對比起宣發部，公關部更是焦頭爛額。高層下了死命令讓他們立刻把熱搜壓下去，控制事態發酵，減少熱度，但公關的錢砸進去一點水花都沒有，該爆的還是在爆，而且肉眼可見越來越多的網友參與到話題中。

資本對資本，當然地位更高的那方勝。

辰星這幾年氣勢如虹，遠非逐漸沒落的中天可比。

網路上輿論一波接一波，與此同時中天高層的辦公室內，也迎來了一位不速之客。

中天的CEO看著對面落落大方從容優雅的少女，笑容客套道：「許董，稀客啊，怎麼想起來我這看看？」

他也是最近兩年才知道原來辰星的最高執行人居然是一位年輕的女孩。

一開始還抱著看笑話的姿態，直到後來在飯局和宴會上跟這位年輕女孩照了幾次面，才知道不是什麼好惹的角色。

美麗的事物總是最危險。

許摘星接過祕書遞上來的咖啡，道了聲謝，笑意淡淡：「林總，我就不跟你繞彎了。有關岑風解約的事，我想跟你談一談。」

林總其實一看到許摘星就猜到她的來意，但是沒想到她會這麼直率的說出來。他跟許摘星沒有直接接觸過，也不瞭解她的行事作風，見她言笑晏晏坦坦蕩蕩的樣子，竟一時間有些遲疑。

許摘星也不急，端著咖啡坐在沙發上，雙腿微微交叉在一起，闊腿褲垂在空中露出半截白皙的腳踝，優雅又淡定。

不過中天的CEO也不是好對付的人，很快就找回自己的主場，哂笑道：「怎麼，許董打算幫岑風把那五千萬出了嗎？」

許摘星聳了下肩：「你我都知道，這是不可能的事。」

林總往椅子一靠：「那許董是想找我談什麼呢？」

許摘星垂眸看了手裡的咖啡一眼，不管他是什麼態度，唇角始終勾著一抹笑：「林總坐到現在這個位子，不容易吧？我聽我哥說，你在中天做了十幾年了。」

對方看著她不說話。

許摘星抬眸看著他：「十年情分，也算是你一手帶大的孩子。現在孩子的臉面受損，走出去都是喊殺喊打的，你讓它以後怎麼在社會上做人呢？」

林總知道她是在諷刺現在網友辱罵中天的事。

事情發酵到現在，他跟公關部會都開了三次，錢砸了不少，還是沒能把風向拉回來，之前就猜可能是辰星出手了，現在聽許摘星這麼一說，心裡越發肯定。

頓時冷笑道：「這一年，岑風幫妳賺了不少錢吧？難怪許董又是砸錢又是親自出面，看來很捨不得這顆搖錢樹啊。」

許摘星不置可否地笑了下：「林總久居高位，其實應該多走出去聽聽群眾的聲音，否則耳目閉塞，容易跟新時代脫節。就比如以前網路沒普及的時候，群眾的呼聲再大也掀不起水花，資本肆意妄為也無關痛癢。但現在呢，人人都可以發聲，每一個人的聲音都會被這個世界聽見，當同一種聲音彙集在一起。」她頓了一下，笑容更深：「威力無窮啊，林總。」

現在網路上的輿論一邊倒，全是聲討中天的，這裡面除了辰星的運作和粉絲的凝聚力外，更因為岑風在這一年來塑造的形象十分良好。路人願意為他說話，網友願意為他站隊，中天現在處於人人喊打的狀態。

許摘星喝了一口咖啡，不急不緩道：「何必為了一個岑風，搭上整個公司的形象呢？你我同為商人，都知道這不是一筆划算的買賣。」

林總當然知道。

可是錢花了，事做了，不僅沒有教訓到岑風半分，還自損三千，想想一口老血都要噴出來。現在叫停，不是讓圈子看笑話嗎？

許摘星見對方臉色反覆變換，像知道他在想什麼一樣，繼續道：「而且大家都知道，這場官司註定是你們輸。輸了名譽，輸了錢，還輸了臉面，可林總覺得，區區半年時間，岑風又能損失什麼呢？」

林總一下子抬頭看著她。

年輕女孩坐在對面，從容不迫，唇角還有笑，眼睛卻冰冷：「他之前可以紅，半年之後，我依舊可以讓他紅，甚至比之前更紅。這一場仗，輸的只有你們。」

林總眉頭緊皺，一動也不動地盯著她。

許摘星彷彿沒察覺他的怒意，放下腿，換了個姿勢，放鬆地往後靠了靠，喝著咖啡中肯地評價一句：「你們的咖啡味道不錯。」

過了好一陣子，才聽到林總譏諷似的笑了一聲，陰沉道：「許董就是想憑這個說服我放他解約？未免想得也太輕鬆了點。」

許摘星說：「也不只。」

她非常和善地問道：「魏意影帝跟他那個超模小女朋友在北歐度假還愉快嗎？」

林總白了臉。

許摘星嘆了聲氣：「前兩天他老婆還獨自帶著兒子逛迪士尼呢，你說說，出國度假，怎麼能只帶小女朋友，不帶老婆、兒子呢？」

魏意是中天的王牌，年少成名，演技厲害，年紀輕輕就拿下影帝，又娶了當年非常著名的美女作家，生下一對雙胞胎，可謂家庭美滿人生贏家，在圈內是比肩蘇野的存在。

魏意出軌的事中天不是不知道，之前狗仔拍到一次，他們花了一大筆錢才把爆料買下來，公關也做得好，一點風聲都沒傳出去。

她到底是怎麼知道的？還知道得這麼清楚？

許摘星又說：「哦對了，還有鄭珈藍姐姐，聽說她戀愛了呀？對方還是豪門呢，可是那位不是有老婆嗎？」

林總：「……」

他的太陽穴突突地跳。

許摘星攤手：「你看，沒點準備我也不敢上門不是嗎？」

辦公室一片沉默。

過了好半天，林總收斂之前的情緒，一臉客氣的笑意：「許董真是年少有為，難怪辰星這些年發展得這麼好。」

雖是笑著，許摘星還是從他的語氣裡聽出咬牙切齒的滋味。

她非常謙虛地一笑：「林總過獎了。」

許摘星是上午來拜訪的，下午時分，中天法務部就聯絡岑風的律師，告之他們願意和平解約，要求岑風方停止起訴，到公司簽訂解約協定。

得知中天變卦了，岑風也不是很激動，從琴房出來，換了套衣服，就跟著律師去了中天。確認合約，簽字解約，賠付五十萬解約金，一下午時間，恢復了自由身。

與此同時，中天官方發表了正式與岑風解約的聲明，方律師也同時發表撤訴的消息。網友一看，就知道這場輿論戰是岑風贏了。

粉絲歡欣鼓舞，舉國歡慶，高興過後，又陷入深深的憂愁。

愛豆現在解約了，再也沒有能讓他留在圈內的理由了。

他會留下，還是離開呢？

風箏們愁啊，愁得一縷一縷掉頭發啊，愛豆又不上線，於是都跑到辰星的官方帳號下面留言，問他們有沒有簽約愛豆的意向。

畢竟這一年來辰星對於岑風的栽培和維護粉絲都看在眼裡，對辰星還是很信任認可的，愛豆如果要留下來，跟辰星簽約的可能性最大。

就在粉絲們盼著好消息時，辰星大樓裡，許摘星把吳志雲和尤桃叫到辦公室。她想讓吳志雲繼續帶岑風，也希望尤桃能繼續當岑風的助理。

「他現在組建工作室，正是需要人手的時候，你們跟他一起工作了一年，彼此都熟悉了，我很希望你們能繼續幫他。」許摘星言語懇切，「當然，不是讓你們從辰星辭職，趕你們去他那裡，而是以辰星的名義跟他的工作室建立合作關係。」

她本來準備了一大堆說辭，甚至兩份高利潤合約，企圖以此打動他們。

沒想到吳志雲和尤桃二話不說同意了。

吳志雲說：「其實我本來也有這個打算，津津之後我就再也沒帶過這麼有潛力的新人了，我才剛帶出一點成績，讓給別人不甘心。」

尤桃說：「跟著隊長和跟著大小姐對我來說沒什麼區別，你們人都好，我很喜歡在你們身邊工作。而且我將來有走藝人經紀人的打算，在隊長身邊做事，學到的經驗更多。」

許摘星感動得熱淚盈眶

握著他們的手彷彿握著家鄉父老：「不愧是我吳叔！不愧是我桃子姐姐！我就把愛豆交到你們手上了啊！」

成立個人工作室，當然不只需要經紀人和助理。

還需要資本合作方。

許摘星提著親手做的雪花酥，按響了許延家的門鈴，門一開，門外的少女笑得像朵花一樣：「哥——」

許延：「……」

有關工作室的組建，是許延出面跟岑風談的。

有了這一年的合作，岑風對於辰星的態度終於有所改觀，跟許延見面時，再也不是當年那種冷漠排斥的眼神，也會淡笑著喊一句「許總」。

辰星在跟他合作上依舊拿出了百分之兩百的誠意，一絲一毫便宜都不占，比起那些想在藝人工作室裡分權的資方，誠懇到無可挑剔。

對於工作室的組建，辰星並沒有過多干涉，也沒有往裡塞人。只有吳志雲和尤桃主動跟岑風提出了繼續帶他的想法，而他也沒有猶豫答應下來。

關於岑風成立工作室的消息悄悄在圈內流傳開來。

大家聽到的第一個反應都是不信。

剛出道一年，就算有人氣有實力，基礎也不穩，在這個資本廝殺的時代，是想被搞死嗎？

但也有些圈內的工作人員抱著一試的心態，朝岑風那邊遞去了簡歷。類似於宣發、助理、造型這些職位，都是工作室必須的。

結果竟然真的得到回應，而且去了之後，還是岑風親自「面試」的。

中天聽聞這個消息，只有一個想法：辰星是不是瘋了？花了那麼多錢捧出來一個紅人，最後甚至董事長都親自上門要求解約，最後讓這人跑了？

震驚完之後，又開始幸災樂禍。

我們沒得到，你們不也沒得到嗎？還以為養的是條聽話的狗，結果是條白眼狼啊。

林總只覺多日堵在心中的一口氣散了，忍不住打了個電話給許摘星：「許董，聽說岑風成立了個人工作室？哎呀，妳說，怎麼會發生這種事呢？這小子真是不識好歹，要不要我幫妳教訓教訓？」

許摘星一副訝異的語氣：『林總，你不知道岑風工作室的合作方就是辰星嗎？真的不勞您費心，我們會好好合作，共創佳績的。』

林總半天沒說話，好半天才憋出一句：「妳圖什麼啊？」

許摘星：『瞧您問的，我樂意，您管得著嗎？』

林總：「……」

他遲早有一天要氣死在這女的手上。

盛夏，一個認證為「岑風工作室」的藍V悄然上線，並發送它的第一則動態。

——@岑風工作室：『初次見面，請多關照。前程錦繡，迎風翱翔。今後，請放心的把風交給我吧。』

五分鐘之後，岑風社群分享工作室貼文。

——@岑風：『新的開始。』

日夜盼望著愛豆簽約辰星的風箏們被這個從天而降的巨大驚喜砸傻了。

社群首頁一片我靠。

我靠過後，狂喜落淚。

這感覺就像本來只許了一個能吃飽穿暖就好的小願望，最後卻得到了千萬鉅款，不僅解決了溫飽，還住上了別墅開起了跑車。

本來還有點擔心愛豆這樣做會得罪辰星，結果有小道消息爆料說工作室跟辰星已經建立了合作關係，連經紀人和助理都是之前辰星的沒換，風箏們這才澈底放下心來。

開始過年般的狂歡。

別墅內，岑風已經收到了ＩＤ團的第五通電話，施燃在那頭聲音大得他不得不把手機拿遠一點。

『隊長！當老闆的感覺什麼樣啊？等我合約到期了，你能不能簽我啊？』

岑風：「……等你到期再說。」

正聊著電話，尤桃敲門進來，手裡拿了一疊簡歷，等他掛了電話才道：「這是造型師的簡歷，吳哥已經挑過了，讓你在這裡面選。」

岑風點點頭，剛接過來，就聽尤桃憋著笑說：「記得一定要從第一份開始看。」

岑風看了她的表情一眼，心裡突然意識到什麼。

他翻開第一份簡歷。

姓名欄寫著：許摘星。

簡歷內容工整簡潔，有模有樣，他看了半天，終於忍不住笑了一下：「她來了嗎？」

尤桃說：「在下面跟吳哥喝咖啡呢。」又把另一份檔遞給他，「這是造型師外包合約，我覺得你應該需要。」

尤桃出去沒幾分鐘，許摘星就敲敲門走進來了。穿得比較正式，一本正經說：「你好，我來面試。」

他忍住笑意：「又胡鬧。」

許摘星嘴巴一撇，噠噠噠跑到他面前，「你看這些人的簡歷，哪一個比得上我？不聘用是你的損失哦！」

她說完了，像生怕他不答應一樣，專注地看著他。

他終於忍不住笑起來。

把那份合約推過去：「恭喜妳，面試通過了。」

許摘星開心極了，也不看，拿起筆翻到最後一頁，寫下自己的名字，還乖乖地蓋了個手指印。

岑風說：「不看看合約內容嗎？」

她瀟灑一揮手：「不重要！」

他忍不住嘆氣：「哪天被賣了都不知道。」

許摘星眨眨眼睛看著愛豆，可憐兮兮的：「哥哥，你捨得嗎？」

捨不得。

岑風的指尖顫了一下，若無其事收回來。低頭看了簽好名蓋好章的合約一眼，然後裝進文件袋裡放好。

許摘星開心地說：「我現在就是你的御用造型師啦！」

岑風略一點頭，神情自若：「嗯，妳現在正式屬於我了。」

第十章　原來是許董

許摘星發現愛豆現在說話總是怪怪的。

但他的神情語氣又很正常，就好像在說「今天吃飯了嗎」一樣，她沉思了半天，覺得還是自己的思想太髒了！

尤桃敲敲門，探進來半個身子問：「吳哥問你們簽完了沒，他把火鍋料買回來了。」

岑風看了許摘星一眼：「火鍋料？」

她很雀躍：「哥哥，我煮火鍋給你吃啊！慶祝我入職！」

岑風笑起來：「好。」

他們現在所在的地方，仍是之前ＩＤ團住的那棟別墅。岑風以個人名義把這棟房子租了下來，當做工作室的辦公地點。

之前ＩＤ團睡的臥室拿出幾間改成了辦公室，其他劃給了尤桃他們當休息間。三樓的琴房樂器和錄音設備都沒動，算是辰星的誠意。

這次組建工作室，他其實收到了好幾家大公司拋出的橄欖枝。

儘管對於他現在單幹有些驚訝和不認可，但圈內對他的潛力和未來還是普遍看好。無庸置疑，這是一個將來會登上巔峰的頂咖，在他身上投資，是有賺無賠的。

岑風也跟幾位有合作意向的合夥人見了面，談下來之後，最後還是選擇辰星。

他們對他始終保持了最大的誠意。

這讓他對那幾年對於辰星的惡意和誤會感到有些抱歉。

廚房裡滋啦一聲，飄出一陣又香又刺鼻的辣椒味。吳志雲在旁邊打了個巨大的噴嚏，大喊：「摘星妳有沒有開抽油煙機啊？」

岑風走過去想幫忙，被許摘星察覺，眼疾手快地把廚房門拉上了，隔著一扇門嚴肅地對他說：「哥哥你不要進來搗亂！乖乖等著吃就好了！」

他笑了一下，轉身的時候，看到吳志雲欲言又止地看著他。

岑風朝他投去詢問的眼神。

最終吳志雲還是沒說什麼，只是感嘆道：「摘星對你太好了。」

他眉眼笑意溫暖，低聲說了句：「我也覺得。」

工作室正式投入運營後，岑風也不再像以前一樣什麼都讓經紀人處理。自己當老闆，有些事總歸是要親自負責，選擇什麼資源，跟誰合作，接下來的工作計畫，都是由他自己拿主意。

吳志雲起先還擔心年輕人心性不穩，自己當老闆容易迷失本心走歪路，但岑風冷靜的思緒和井井有條的處事方式令他再次感到意外。

他對待手下員工也很好，尤桃跟了他一年自不必說，新進的宣發和助理起先也有點怕他冷淡的性子，工作幾天下來，就徹底對這個老闆死心塌地了。

簡而言之，工作室運營得非常好。

月初，岑風在告別演唱會上唱的〈流浪〉正式上線了。

這首單曲還是之前在辰星製作的，消息公布之後，辰星給的宣傳一如既往的盛大。風箏們早就在等〈流浪〉的正式錄音版，畢竟演唱會版本雜音太大，而且音訊不能上傳，不方便她們推薦心愛的流浪寶寶。

現在〈流浪〉在各大音樂平臺上架，風箏們又拿出了當時幫首專打榜的氣勢，很快將〈流浪〉的各項排名投至第一。

之前音樂總監就說過，〈流浪〉這首歌的傳唱度會比岑風以往的任何一首歌都大。

原因無他，因為它符合當下聽眾的審美。

主流風格，旋律輕快，歌詞寫的是恣意灑脫的自由自在。一上線就廣受好評，有時候走在街上，也能聽見各大商店都在放這首歌。

一首歌出不出圈，看KTV的點歌榜就能看出來。

網友們紛紛表示：你怎麼什麼都會？唱歌唱得好，寫歌也好聽，跳舞又好看，長得還帥，請問你是不是也會演戲？

風箏：過獎了過獎了，我家不是科班出身，暫時不去影視圈湊熱鬧了，聽歌就好！

風箏這次倒是猜準了愛豆的心思。

岑風確實沒有演戲的計畫。

他上一世一直在做音樂，這一世同樣如此。從未接觸過影視圈，對於陌生的領域，他依舊持有敬畏之心。

但他沒意願，不代表別人沒意願。

吳志雲把一封邀請函遞給他：「製片人晚宴，圈內的投資方和大公司高層都會去。很多藝人搶破頭都拿不到邀請函，你這小子真是紅啊。你知道那個誰，就是演《白鷺》的男主角，他當時還是個小新人，找關係混進去，在宴會上搭上了東方影視，你看看現在這資源。」

說了半天，見岑風還是一副寡淡模樣，摸了下鼻子住嘴了。

以岑風的想法，他是不大想去的。

但別人邀請函已經遞上門，不去就是打對方的臉，他還是接下了。

他頭一次參加影視圈的宴會，吳志雲交代不少注意事項，不過好在他會跟著去。他帶了趙津津那麼多年，圈內面孔都熟，到時候岑風不認識的，他都可以介紹。

岑風雖然不想接觸影視圈，但是作為圈內的金牌經紀人，還是需要為藝人的前途負責。以岑風的個人資質，不演戲太可惜了。

說到底，原創音樂人做到極致，也比不上一部熱門的劇帶來的回報高。

他希望岑風可以站上巔峰，影視是必須要走的一條路。

而且岑風都沒試過，怎麼知道自己喜不喜歡行不行呢？萬一他就是天賦型演員，演技也跟他其他方面一樣厲害呢！

吳志雲躍躍欲試。

參加晚宴當然要著正裝，當天下午，許摘星帶來一套義大利手工訂製西裝。

她最喜歡看他穿西裝了。

清貴又禁欲，簡直撩得她血脈僨張。

造型沒什麼好做的，晚宴又不是演出，乾淨得體就好，他本身的顏值就撐得起，她的化妝技術完全沒有發揮的餘地。

看了這麼多年了，她對這張臉還是沒有任何免疫力，忍不住說：「哥哥，你長得真好。」

岑風早就察覺她在走神，聞言忍住笑意道：「嗯，妳長得也不錯。」

許摘星：「……」

啊，是什麼神仙怎麼能集帥氣、禁欲、可愛為一身呢！

吳志雲敲了敲門：「好了嗎？出發了。」

許摘星最後幫他抓了一下頭髮，把東西收起來，笑瞇瞇說：「哥哥，玩得開心呀。晚宴上的小蛋糕特別好吃，記得吃！」

岑風看了她一眼：「妳不去？」

許摘星搖搖頭：「吳叔叔陪你就行啦。」

他笑了一下：「一起去吧，在休息室等我，帶妳去吃小蛋糕。」

晚宴幫特邀的嘉賓都準備了單人休息室，許摘星其實也收到了邀請函，但是知道岑風要去，就找了個藉口拒絕了。

她能拒絕主辦方，拒絕不了愛豆。

想了想，反正只是待在休息室，不去宴會廳也沒事，於是高興地點頭。

宴會廳設在B市的一個高級水晶酒店，圈內有些晚宴經常在這裡舉辦。吳志雲熟門熟路，在VIP入口出示邀請函後，領著兩人進去了。

先把許摘星帶去休息室。房間裡有沙發有水果，許摘星自在地往沙發上一坐，摸出手機，朝岑風揮手：「哥哥你去宴會廳吧，我就在這玩瑪利歐，今天一定要通關！」

她還卡在第二關。

岑風笑著點了點頭，跟著吳志雲一起離開了。

宴會廳一片燈火通明，浮華聲色，舞臺上有穿著燕尾服的小提琴樂隊在演奏，岑風一進來，便引起很多人的關注。

吳志雲端了杯香檳給他，領著他開始一一應酬。

對岑風感興趣的製片人確實不少，畢竟他的顏值和氣質在圈內是少有的，可遇而不可求的類型。

影片和演員總是相互成就的，大家知道他的商業價值，也期望能從他身上獲取價值。

一頓觥籌交錯下來，岑風已經收了不下十張名片。

把吳志雲樂得一整個晚上嘴都闔不攏。

還想再帶他去認識幾個圈內的老前輩，岑風把酒杯放在經過的侍者端著的盤子裡，淡聲說：「我出去透透氣。」

說是透氣，走之前還去架子上端了兩塊小蛋糕。

吳志雲一看就知道他回去找許摘星了。

也不知該高興還是該憂愁。

離開宴廳，空氣果然流通了不少，混雜的酒味和香水令他有些悶。他看了看手裡的小蛋糕，往休息間的方向走去。

走廊迎面而來是兩個穿著晚禮服的女生。看起來有些眼熟，應該是藝人。但他不太關注，連名字都叫不上來，他垂了眸，看著地面繡花的紅毯。

走廊安靜，兩人交談的聲音傳進他耳裡。

「剛才廁所裡那個是辰星的許總嗎？」

「好像是，我之前還聽說這次晚宴她不會來參加呢。」

「她沒穿禮服，應該是有其他事吧。」

「剛才應該跟她打個招呼的，混個眼熟也好啊，我還是太沒膽了。」

「得了吧，美女對美女免疫，妳應該去找個男老總釋放妳的魅力。」

兩個人說笑著走遠了。

岑風的腳步頓在原地。

如果他沒聽錯，她們剛才說的是，辰星的許總？

許延嗎？

不對，從她們言語間透露出來的資訊，那位許總是女子。

圈內，還有第二個辰星嗎？

辰星，還有第二個許總嗎？

走廊裡安安靜靜，只有中央空調的氣流聲緩緩流淌。

岑風站在原地，手裡還拿著兩塊蛋糕，一塊是草莓口味，一塊是香草口味。

他看著地毯上那朵金色的牡丹繡花，視線漸漸模糊，開始不能聚焦。腦袋裡走馬觀花，閃過曾經的一切。

曾經明明有行跡可尋，卻都被他忽視的一切。

從很久以前開始，從他允許了她的靠近開始，他待她，就比待這個世界寬容很多。

因為寬容，所以信任。

他從來沒有想過，她身上會有這樣的祕密。

許延第一次去找他，是七年前，他還在夜市賣唱的時候，那是他第一次聽說有辰星這間公司。

在那時候的他眼中，圈內所有的經紀公司都是一丘之貉，他厭惡著整個圈子，也排斥著這個圈子裡的所有人。

第二次跟辰星有接觸，是在中天訓練室，趙津津派她的助理每天往教室送冷飲。那一次，他也毫不客氣地拂了對方的好意。

可現在想想，送十分糖的冷飲給他，不應該是許延一個大男人的作風。

明明那個時候就有端倪。

還有誰會買十分糖的飲料給他啊。

是因為他那時不掩厭惡的態度，所以才不敢告訴他嗎？怕他會因為厭惡辰星，而連帶也一起厭惡上她嗎？

所有的一切，好像突然都說得通了。

辰星對他無限制的遷就和包容，百分之兩百的誠意，無數的資源。

這世上，除了她，還有誰會這樣對他。

所以，中天鬆口解約，也是因為她做了什麼嗎？

在他不知道的地方，這麼多年來，她還做過什麼呢？

可是為什麼？

為什麼對他這麼好？

就因為她是他的粉絲？

還是她覺得，養成一個愛豆，很有成就感？

是啊，這一切的喜歡、支持、陪伴，這樣可謂厚重的感情，他找不到一絲立足點。

她突然出現在他面前，追著他跑，給他溫暖。

他想幫她找個理由都找不到。

唯一可找的理由就是她喜歡。

可連這喜歡，也不是他想要的那種喜歡。

她騙了他這麼多年。

她身邊的人，也都在幫著她騙他。

他一向思緒清晰頭腦冷靜，可此時此刻，站在空蕩蕩的走廊裡，腦子裡卻像纏了千絲萬縷根線，將他整個人分割成無數塊。

直到走廊對面傳來熟悉的，輕快的，哼著歌的聲音。

哼的是他的新歌〈流浪〉。

視線漸漸重新聚焦，他一點點抬眸，朝對面看去。許摘星上完廁所出來，手裡還捧著手機，一邊哼著歌一邊打遊戲，眉眼彎彎。

走了幾步，餘光瞟見前面有人，抬頭看了一眼。

只是一眼，臉上的笑容頓時生動起來，手機一收，開心地朝他跑過來。

「哥哥，你怎麼出來啦？」

岑風閉了一下眼，再睜眼時，掩去眼底所有翻湧的情緒，只剩下含笑的溫柔：「幫妳拿了小蛋糕。」

許摘星「哇」了一聲，埋著小腦袋左看右看，最後開心地說：「我要草莓的！」

岑風笑著把草莓蛋糕遞過去，他說：「回房間吃吧。」

兩人一同走回休息室。

許摘星蹲在沙發旁，拿勺子一口一口地挖，一邊吃一邊抬頭看看坐在沙發上垂眸注視她的愛豆。

她咬著勺子問：「哥哥，你怎麼了？臉色有點不好，是不是哪裡不舒服啊？」

岑風搖搖頭：「沒有，只是剛才喝了些酒，稍微有點醉。」

她一下子緊張起來，把蛋糕一放，趕緊站起身：「我出去幫你買點解酒藥！」

岑風一把拽住她的手腕。

他的力道很輕，指尖透著一絲涼，輕聲說：「不用，休息一下就好了，吃蛋糕吧。」

許摘星還是不放心，又倒了一杯熱水過來給他，一臉擔憂地看著他喝了，才重新蹲回茶几前，繼續吃小蛋糕。

岑風靜靜地看著她。

他發現自己沒辦法對她生氣。

沒有理由也好，愛豆養成也好，讓所有人跟她一起騙他也好，怎麼樣都好。

只要是她，他都覺得沒關係。

岑風沒有回宴會廳，等許摘星吃完小蛋糕，又帶著她打遊戲，許摘星卡了足足幾個月的第二關終於通過了。

沒多久吳志雲也回來了，又拿了一堆名片，多是些名不見經傳的小導演，想透過跟他攀關係，讓他引薦岑風，借用岑風的人氣和流量推自己的作品。

通知司機開車過來，三人一同下樓離開，照常是先送許摘星回家。

有大小姐在車上，吳志雲就沒提演戲的事，等把人送到樓下，重新回到車上時，他才想了一下措辭，對岑風開口：「剛才給你名片的那幾個大製片人在圈內名氣可是響噹噹的，他們手上的劇都是大製作，你有什麼想法？」

不等岑風回答，他又說：「像你這種非科班出身的藝人，其實很多大製作是不願意用的，因為擔心演技不過關影響作品口碑，但是今晚我看那幾個製片對你都很有興趣。欸，要不然怎麼會說人比人氣死人呢，你是紫微星下凡，註定要紅的命啊。」

他話說得得意洋洋，其實一直在觀察岑風的表情。

但岑風一向喜怒不形於色，觀察半天也不知道他怎麼想的，又長長嘆了聲氣：「你做音樂，我肯定是支援的，但是不必把雞蛋放在同一個籃子裡嘛。你不試試怎麼知道不合適呢？其實演戲挺好玩的，說不定你試一試，就像喜歡音樂一樣，喜歡上演戲了呢？」

看著吳志雲苦口婆心，岑風沒什麼表情的臉上總算露出一絲無奈的笑意。

他說：「好，我試試。」

吳志雲高興得差點跳起來。

老大不小了，沒想到還會因這種小事興奮成這樣，一把握住岑風的手連連說：「相信吳哥，你天生就吃這碗飯的！老天爺賞你這張臉，就是拿來上電視的！」

岑風笑嘆了一聲。

吳志雲的心終於定了下來，興奮結束，腦子裡已經開始盤算最近接到的影視資源裡面有沒有適合岑風的，需不需要幫他找個老師先培訓演技，接下來的工作行程要不要重新安排一下。

快到別墅的時候，才猛然想起來另一件事，一拍腦袋，跟岑風說：「洪霜回國了，他回覆我們，同意跟你見面。」

洪霜是國內首屈一指的天王級別音樂製作人，岑風對下一張專輯已經有了想法，跟洪霜一貫的風格很搭，他想跟洪霜合作，一直在跟對方聯絡。

但洪霜前年就去國外進修了，這兩年國內找不著他的身影，岑風聯絡他已經有一段時間，直到現在才得到回覆。

吳志雲問：「我要幫你跟他約時間嗎？」

岑風搖頭：「我自己跟他聯絡。」

吳志雲也就沒再過問了。

沒過兩天，岑風跟洪霜約到時間，地點是對方定的，在郊區的一家高級會館，岑風獨自驅車前往。

洪霜如今四十有二，單身未婚，私底下性格有些古怪，是圈內出了名的偏執狂。他對於音樂有種區別於歌手藝人的狂熱，曾經因為做一張專輯把自己關在錄音室，三天三夜沒吃沒喝沒睡覺。

而這張專輯最終幫助歌手拿下年度最佳專輯獎、年度最火爆專輯獎、年度最佳歌手獎，三獎合併，是音樂製作人最大的成就。

天才總是孤獨又異類的。

洪霜願意見他，岑風自己也有些意外。

畢竟圈內想跟洪霜的歌手太多了，卻連他的私人聯絡方式都拿不到。

岑風進去的時候，洪霜已經在了，端了杯茶在手上，也不喝，只是聞著。等岑風一進來，像是熬過夜通紅的眼睛往上翻，看了他兩眼，笑著說：「我聽過你的〈The Fight〉，很不錯。〈流浪〉就差了點，俗了。」

岑風在他對面坐下：「都是記錄心情而已。」

洪霜並不像傳聞中那麼不好相處。

起碼在岑風跟他聊專輯想法的這兩個小時內，他比他身邊的任何一個人都要懂他想用音樂描繪的畫面和感覺。

可能這世上有些人，天生就對音樂敏感吧。

最後他連合作方式都沒問，直接拍板了：「明天你來我家，把demo一起帶過來。」

說完就站起了身，看看手錶：「我訂的電影要開始了，走了。」

話落就頭也不回地走了出去。

岑風笑了下，把茶壺裡的茶倒了一杯，不急不緩地喝完，才起身往外走。剛走到門口，餘光瞟見一個熟悉的身影。

許摘星跟幾個人有說有笑地從轉角走了過來。

她穿著高級西裝，踩著一雙黑色的高跟鞋，化了精緻的妝，髮尾微捲散在肩頭，一邊走一邊偏頭說著什麼。

包廂的門是橫拉式，岑風往後退了一步，然後拉上門。

一行人從門外經過。

他聽到她的聲音：「周總，華庭那邊自願降了五個百分點，這個案子是你一手促成的，多出來的這五個點我會讓祕書歸到你們賬上，僅代表我個人的誠意。」

有人笑道：「許董真是客氣，那我就卻之不恭了，希望我們合作愉快。」

那聲音巧笑嫣然又自然大方，跟平時在他面前撒嬌賣萌的女孩完全不一樣。

等他們走過門前，岑風才緩緩拉開門，許摘星筆直又纖細的背影在一行人中若隱若現，那精緻的黑色高跟鞋踩在地面，噠、噠、噠，一下一下，彷彿踩進他心裡。

他的神色很淡，將帽子扣在頭上，往下壓了壓，從另一頭離開。

驅車回去的路上，收到吳志雲的電話，急匆匆問：『談得怎麼樣？』

岑風說：「成了。」

吳志雲驚訝又高興：『這麼容易？看來只要你出馬，沒有搞不定的事，我都覺得自己可以退休了。』

岑風笑了下，又聽他說：『你現在在哪？方便去一趟辰星嗎？你有份代言合約我忘在辦公室了，今天要簽的。』

岑風「嗯」了一聲：「我去拿。」

掛了電話，他轉道去辰星。

在吳志雲辦公室拿了合約坐電梯下去時，遇到了周明昱。

電梯門一打開，他的五官皺成一團正跟身邊的經紀人抱怨什麼，看見電梯裡的岑風，表情一變，一臉驚喜地跑進來：「風哥！你怎麼來了？」

岑風揚了揚手上的文件：「來拿這個。」

周明昱朝他擠了下眼，回頭跟經紀人說：「我坐風哥的車回去，接下來這兩天不要幫我安排行程了，我要休息！」

說完，在經紀人無奈的神情中按了關門鍵。

電梯門闔上，岑風問：「怎麼了？」

周明昱一撇嘴：「我都說了我不想參加那個燒腦綜藝，我不會那種，還要我接。前兩天我去的那期不是播出了嗎，留言裡全是罵我的！」他越說越憤怒，「說我的智商配不上學校！太過分了！」

岑風笑了一聲。

周明昱委屈極了：「你還笑，我都要氣死了。唉，我好後悔啊，我不想當明星了，我還是該回去當個平凡的男大學生。」

他經常想一齣是一齣的，岑風也沒理他的話。

到了車庫，兩人一前一後上車。周明昱一邊抱怨一邊繫安全帶，車子剛發動，突然聽到他說：「欸，那不是……」

話說到一半，又硬生生咽了回去，趕緊埋下頭，假裝無事發生。

岑風卻已經看到了。

對面不遠處許摘星從車上下來，朝電梯走去。她身邊跟著兩個穿西裝的中年人，岑風見過，是辰星的高層，正一邊走一邊遞文件給她看。

岑風坐在駕駛座，目送她進了電梯，突然有點想笑。

以前沒發現時，從來沒撞見過。

現在發現了，這種意外偶遇突然變得多了起來。

這難道就是墨菲定律？

周明昱一直偷偷打量岑風的神情。

他分明是看見了，可神色卻始終沒有變化，淡漠又平靜，難道他沒察覺出異常嗎？

不應該啊，風哥這智商，又不像他。

啊不！呸呸呸！

岑風發動車子，開車離開車庫。

一直到駛上高架橋，內心天人交戰的周明昱才終於遲疑著開口：「風哥……你，你知道了嗎？」

岑風平靜看著前方：「知道什麼？」

周明昱吞了吞口水：「就……剛才摘星……你不是看見了嗎？你知道了啊？」

那兩個高管他都認識，沒道理岑風不認識。

岑風微微偏頭睥了他一眼，淡聲說：「你都知道，我為什麼不能知道？」

周明昱虎軀一震。

許摘星啊許摘星，這可不是我說的啊，是妳自己不注意，妳可不能怪我啊！

車內的空氣突然有點尷尬。

周明昱對對手指，摳摳指甲，扯扯安全帶，最後還是忍不住開口：「風哥，你會生氣嗎？會不會以後都不理摘星了啊？我也不是故意騙你的！」

岑風只是看著前方，開車不說話。

周明昱看他那樣，有點急了：「風哥你別生我們的氣啊，我……不是，我沒關係，你別生摘星的氣啊！你要是不理她，她肯定會難過死的！」

他急得抓頭髮：「她騙你是不對，雖然我不知道她為什麼不告訴你，但是她是真的一心對你好。她從高一開始喜歡你，這麼多年感情都沒變過……」

話沒說完，車子突然一個右轉急剎。

好在已經下了高架橋，車子穩穩停在路邊。周明昱被這個急剎嚇得沒回過神，就聽見岑風沉聲問：「什麼高一？」

周明昱：「……」

完了，我是不是說了什麼不該說的話？

周明昱最終在岑風幽深的目光中敗下陣來。

他洩氣地說：「好吧，其實就是……我們當時在少偶的時候，我不是說我追了她很多年沒追上，因為她一直有喜歡的人嗎？」

周明昱說起來還有點心酸：「那個人就是你。從高中到大學到現在，她眼裡就只看得見你。她有一個筆記本，她隔壁桌同學偷偷拍給我看過，上面幾百頁，寫的全是你的名字。」

沒有別人。

他想要爭搶的那份喜歡，根本不存在。

從一開始，她喜歡的就只有他。

或許是那個雪夜，或許是那個春天，或許只是初見時一眼的悸動與心跳。

他那時候其實知道女孩喜歡他。可才多大的孩子啊，揹著小書包，嬰兒肥都沒褪完，聽了他唱歌，衝上來要給他錢，像剛邁入青春期的少女偶然在路邊對一個帥氣的流浪歌手一見鍾情，純真又不成熟。

小孩子的感情能有多深刻。

他從沒想過她的喜歡會長久。

她會有自己的生活，會遇到同齡的男生，明白什麼叫真正的動心。而後來周明昱的話，也證實了他心中的猜想。

可原來沒有。

從始至終，只有他。

她把她全部的愛與心意，都給他一個人。

怎麼會有……這麼好又這麼傻的女孩？分明是他想強大起來，他想強大到成為她的依靠，可她早就為他撐起了一把保護傘。

是懷著什麼樣的心情，為他做了這麼多呢？

她在他面前從來都是樂觀又明媚的，給他光，給他愛，給他溫暖與陪伴。她沒有跟他說過，那些默默追著他的日子，她是怎麼過的。

他讓老闆娘把糖罐還給她，從此離開夜市讓她再也找不到的時候。

她連他的聯絡方式都沒有，每天偷偷在他的部落格留言的時候。

他去了H國，她每隔幾個月若無其事傳一則關心的訊息給他的時候。

應該很難過吧。

可她從來沒抱怨過什麼，還是一如既往的，對他那麼好、那麼好。

他以為不會長久的喜歡，他以為不成熟的一見鍾情，在她心中生根發芽這麼多年，最後長成了保護他的那顆大樹。

周明昱一鼓作氣說完，見岑風還是之前那副表情，只是眼眸愈深，正想繼續說點什麼，突然聽到岑風說：「我知道這件事，不要告訴她。」

周明昱：「啊？」

岑風抬眸看過來，語氣平靜：「你是怎麼幫她瞞著我的，就怎麼幫我瞞著她。」

周明昱：「……」

我太難了。

我是什麼雙面間諜嗎？

岑風說完，重新啟動開車上路，將他送回家。

周明昱下車的時候扒著車門又不放心地問了一次：「風哥，你真的不會生我們的氣吧？」

岑風：「看你表現。」

周明昱：「嚶。」

送完周明昱，岑風驅車返回，卻並未回別墅。他開到了許摘星家的車庫，在黑暗中靜坐了一陣子，才撥通她的電話。

這次接得很快，聲音雀躍地喊：『哥哥——！』

他笑了一下：「在忙嗎？」

許摘星說：『沒有沒有，怎麼啦？』

岑風說：「我在妳家樓下。」

那頭驚訝道：『啊，你是去找我的嗎？可是我現在不在家呀，哥哥你找我有什麼急事嗎？』

岑風頓了一下才慢慢說：「沒什麼急事，只是想巧巧了。」

許摘星噗一聲笑出來：『好吧好吧，那你等我一下呀，我這就回去！』

辰星離她家並不算遠，二十分鐘後，岑風看見熟悉的跑車打起一束車燈緩緩駛近。在車位停好後，她從車上下來，之前那身精緻的打扮已經換成了運動鞋、白T恤，妝也卸了，只留了細長的眉和淡淡的口紅。

岑風突然想起有一次在辰星的電梯間遇到她，不倫不類的穿著，暈掉的妝容，像是慌忙之中改變風格所致。

那時候，應該是看到他，才趕緊跑去換了衣服卸了妝吧。

還挺能演的。

岑風無聲哂了一下，拿著手機下車。

許摘星正一邊走一邊打電話給他，突然聽到鈴聲在不遠處響起，轉頭一看，戴著帽子的高瘦少年朝她走過來。

她掛了電話，開心地朝他揮揮手：「哥哥！」

自從上一次差點暴露，許摘星就在辦公室內準備了日常款衣服和卸妝水，畢竟她不想再讓愛豆看到一次淩亂的隨性美了。

岑風走近，聞到她身上淡淡的香水味。

有點像雪松冷香，適合那個落落大方的許總，卻不適合現在乖巧可愛的少女。可還是很好聞，他伸手替她拂了下掠在唇角的一縷髮絲，溫聲說：「走吧。」

許摘星抿了下唇，被剛才愛豆的動作搞得心臟狂跳，垂眸掩去眼裡的羞澀，乖乖跟在他身後。

開門進屋，高大的機器人就立在玄關的位置。

是早上許摘星出門的時候操控它走過來的，這樣每天一回來，就有種它是在等她回家的感覺。

她一邊換鞋一邊跟機器人打招呼：「巧巧，哥哥來看你啦。」

岑風忍不住笑。

順著她的話跟機器人招手：「好久不見。」

許摘星拿起放在鞋櫃上的遙控器，操控機器人抬手揮了揮，然後掐著嗓子一本正經模仿機器人的聲音：「好久不見，見到你真高興。」

他笑著搖了下頭。

許摘星傻笑兩聲，把遙控器遞給他：「哥哥，你跟巧巧玩吧。我最近新學了一款甜點，做給你嚐嚐呀！」

好像每次到她家來，她都忙著投餵他。

岑風伸手拉了下說完就想往廚房跑的少女。

許摘星回過頭，聽到他說：「不用，陪我坐一下就好。」

許摘星覺得愛豆有點怪怪的。

但到底是哪裡怪，又說不上來。

不過他說不用，她也就不堅持，跑去把窗簾拉上，泡了一壺果茶，端到茶几上放好，然後乖乖在他身邊坐下。

客廳的吊燈投下橘黃色的光，屋子裡顯得溫暖又恬靜，岑風不說話，只是姿勢隨意靠在沙發上翻看雜誌。許摘星等了一陣子，舔了舔嘴唇，實在忍不住問：「哥哥，我們要做什麼嗎？」

岑風笑了下，把雜誌合上，偏頭看著她：「妳想做什麼？」

許摘星：……我想做的可能不能寫。

她摳了摳指甲，眨了眨眼睛，遲疑道：「哥哥，你是不是有什麼心事啊？是不是遇到什麼麻煩了？有人欺負你了嗎？」

越說越緊張。

眉眼都擔心得皺了起來。

直到岑風抬手摸摸她的頭，溫聲說：「沒有，只是想在妳這裡休息一下。」

也對，現在別墅變成工作室，他每天行程那麼多，可能只有在她這個小窩，才能真正的放鬆身心好好休息。

她有些心疼：「如果太累了，就不要接那麼多行程了，好好休息一段時間吧。」

岑風往後靠了靠，微微闔上眼，要笑不笑地說：「工作不是我想停就能停的，萬一許總不同意呢？」

許摘星急了：「他有什麼不同意的？你的工作室，又不關他的事！」

岑風微微嘆了聲氣：「畢竟有合作關係，總不能讓許總失望。」

許摘星：「不會的啊！怎麼會失望呢！」

岑風偏過頭，斜斜看著她：「妳又不是許總，妳怎麼知道？」

許摘星：「……」

看她被噎住的樣子，他終於忍不住眼裡的笑意，不逗她了：「放心吧，我不累，工作都在我的精力範圍之中。」

見她還是一副擔憂的模樣，岑風坐直身子，柔聲問：「要不要陪我看電影？」

她家的電視很大，五十七吋高畫質螢幕，看電視特別爽。聽到愛豆這麼問，趕緊起身跑到電視櫃前把光碟片翻出來，抱過來放在茶几上讓他選。

什麼類型都有，多是些經典電影，最後岑風挑了《珍珠港》。許摘星放好光碟，把燈都關了，整個屋子只剩下電視螢幕發出的亮光。

她還去櫃子裡拿了一堆零食過來，兩人各自抱著一大包洋芋片，坐在沙發上邊吃邊看。

這些電影她都看過，但經典是可以無限回味的，何況這次是跟愛豆一起，重點是看電影嗎？完全不是！

許摘星一邊吃著洋芋片一邊心猿意馬，但後面不知不覺還是被劇情吸引了。正看得津津有味，突然肩頭一重。

她一瞬間像被定了身，一動也不動僵住身子，連呼吸都停滯了。

好半天，輕輕的，慢慢的轉過頭，看到靠在自己肩上已經睡著的愛豆。

鼻尖聞到他頭髮上淺淺的洗髮精香氣。

從她這個角度，能看見他垂落的長睫毛，鼻樑又直又挺，漂亮得像一幅畫。

許摘星偏著頭看了好久好久。

然後緩緩伸手，拿起旁邊的遙控器，把電視轉成靜音。再稍稍把身體坐直一些，讓他靠得更舒服。

她聽到他綿長的呼吸聲，整個人籠罩在他的氣息裡。

紅暈一路從脖頸燒到臉頰，如果她能看見，就會發現自己的耳朵紅得快要滴出血來。

屋子裡變得好安靜。

長時間保持同一個坐姿，其實會很累。

她感覺腿和腰都麻了。

可一點也不覺得難熬。

她一動也不動，像個柔軟暖和的靠枕一樣，讓他睡了一個長長又舒服的覺。

不知道過去多久，岑風動了一下。

許摘星以為他要醒了，一瞬間身子緊繃。

但是沒有，他只是換了個睡姿，靠在她肩上的頭無意識地往上蹭了蹭，貼在她的頸窩。她甚至能感覺到他溫熱的呼吸，一下又一下，掃過她的鎖骨。

許摘星心臟狂跳，全身發熱，好像下一刻就要燒起來。她慢慢偏過頭，看著熟睡中的愛豆，像有一根線牽著她的神經，提示著她往下低頭。

她閉上眼，睫毛顫得厲害，低頭時屏住呼吸，吻了吻他的額頭。

——《娛樂圈是我的，我是你的【第二部】燈火璀璨》未完待續——

高寶書版集團
gobooks.com.tw

YH 102
娛樂圈是我的，我是你的【第二部】燈火璀璨（上）
作　　者　春刀寒
責任編輯　吳培禎
封面設計　茵萊登曼特
內頁排版　賴姵均
企　　劃　何嘉雯

發 行 人　朱凱蕾
出　　版　英屬維京群島商高寶國際有限公司台灣分公司
　　　　　Global Group Holdings, Ltd.
地　　址　台北市內湖區洲子街88號3樓
網　　址　gobooks.com.tw
電　　話　(02) 27992788
電　　郵　readers@gobooks.com.tw（讀者服務部）
傳　　真　出版部(02) 27990909　行銷部 (02) 27993088
郵政劃撥　19394552
戶　　名　英屬維京群島商高寶國際有限公司台灣分公司
發　　行　英屬維京群島商高寶國際有限公司台灣分公司
初　　版　2022年9月

本著作物《娛樂圈是我的[重生]》，作者：春刀寒，由北京晉江原創網絡科技有限公司授權出版。

國家圖書館出版品預行編目(CIP)資料

娛樂圈是我的,我是你的. 第二部, 燈火璀璨/春刀寒著. -- 初版. -- 臺北市：英屬維京群島商高寶國際有限公司臺灣分公司, 2022.09
冊；　公分. --

ISBN 978-986-506-515-7(上冊：平裝). --
ISBN 978-986-506-516-4(中冊：平裝). --
ISBN 978-986-506-517-1(下冊：平裝). --
ISBN 978-986-506-518-8(全套：平裝)

857.7　　111013114